CB121129

ROTEIROS PROVINCIAIS

Novelas

VOZES DA ÁFRICA

João Paulo Borges Coelho

ROTEIROS PROVINCIAIS

Novelas

kapulana

São Paulo
2024

Copyright©2023 João Paulo Borges Coelho.
Copyright©2024 Editora Kapulana.

A Editora optou por adaptar o texto para a grafia da língua portuguesa de expressão brasileira.

Direção editorial:	Rosana M. Weg
Projeto gráfico:	Daniela Miwa Taira
Capa e ilustração:	Mariana Fujisawa

Dados Internacionais de Catalogação na Publicação (CIP)
(Câmara Brasileira do Livro, SP, Brasil)

Coelho, João Paulo Borges
Roteiros provinciais / João Paulo Borges Coelho.
-- São Paulo: Kapulana Publicações, 2024.

ISBN 978-65-87231-34-1

1. Novela moçambicana (Português) I. Título.

24-200245 CDD-M869.3

Índices para catálogo sistemático:
1. Novelas: Literatura moçambicana em português M869.3
Eliane de Freitas Leite - Bibliotecária - CRB 8/8415

2024
Reprodução proibida (Lei 9.610/98)
Todos os direitos desta edição reservados à Editora Kapulana Ltda.
editora@kapulana.com.br — www.kapulana.com.br

REPÚBLICA
PORTUGUESA
CULTURA

DIREÇÃO-GERAL DO LIVRO,
DOS ARQUIVOS E DAS BIBLIOTECAS

Edição apoiada pela

DGLAB - Direção-Geral dos Arquivos e das Bibliotecas/ Cultura - Portugal

Nota: As imagens inseridas na obra são do acervo do autor, de domínio público e de sites de livre acesso.

Pergunto-me se a memória é verdadeira,
e sei que pode não ser.
Todavia, sei que vivemos da memória
e não da verdade.

STRAVINSKY

9 ALEXANDER ROAD

Descrita uma curva tensa, talvez um pouco à margem das regras do trânsito, deixamos a antiga Jameson Avenue, agora Samora Machel, para entrar numa Rhodesville por esta altura ainda para mim sem nome, era apenas a voz de uma espécie de GPS interior que me segredava e fazia dizer "*Por aqui! Por aqui!*", uma coisa repentina, antes de chegar ao cruzamento nada fazia prever que assim seria, mas a voz era peremptória, havia que obedecer-lhe, e logo depois da Rhodesville, novamente à esquerda, a Wingate Road, esta sim, com um nome que ressoava já familiar (aquilo que se esquece perde-se metade das vezes para sempre, a outra metade regressa com desconcertante candura, como se tivesse estado sempre ali), uma rua, dizia, já francamente longe do bulício da cidade, mergulhada numa calmaria de bairro, e o que emergia das profundezas eram esparsos reconhecimentos, velhas certezas que se iam ligando entre si, a mesma luz e as mesmas árvores do passado, coisas que surgiam intensamente iluminadas como se um farol perfurasse, decidido, o negrume. Sim, a cada passo mais e mais elementos eram resgatados ao olvido e isso encorajava-me a prosseguir o jogo. O que era novo, posto ali depois da minha mirada juvenil antiga, não tinha qualquer relevância, apenas as distâncias constituíam uma surpresa por serem mais curtas que no sonho. "*Por aqui! Por aqui!*", e subitamente, à direita, imaculada e prístina, silenciosa e estreita, uma Alexander Road mergulhada como antes numa penumbra de jacarandás e *flamboyants* e eucaliptos enfileirados de um lado e do outro ao longo das bermas, a pele sarnenta de tão antigos e tiras de casca pendentes como roupa rasgada desnudando superfícies lisas do tronco que eram quase brancas, maciços de buganvílias antigas escondendo muros e vedações com a sua folhagem espessa e flores de tons exuberantes e uns troncos velhos e retorcidos como os das videiras. O espaço público era apenas o resto dos outros espaços e, portanto, destituído de pedestres como dantes, salvo dois ou três vultos cabisbaixos entrando ao serviço doméstico ou saindo dele, tudo sem passeios nem caminhos, apenas bermas feitas de uma ligeira depressão de solo negro paralela à estrada, solo grosso que com a chuva não deixaria certamente de enlamear-se. Uma rua que condizia com o seu tempo.

Paramos quando a voz me disse que parássemos, e antes mesmo de descobrir um número escondido no muro, atrás da folhagem, veio-me a certeza de que era ali o *number nine alexander road* que sobreviveu em mim desta maneira, cabal e compacto, uma frase indivisível em palavras, fortíssima na altura por ser importante conhecer bem o endereço da casa a fim de poder regressar se acontecesse perder-me nas deambulações pelo centro da cidade: *Nine, Alexander Road, Highlands, Salisbury*, ecoando hoje como verso de um poema que resumisse toda uma época.

E estávamos ali por acaso, repito, o ano era, salvo erro, 1996, Harare um mero ponto de passagem para alugar um carro e percorrer os quinhentos quilômetros da estrada que nos levaria à vila fronteiriça de Kanyemba e, do outro lado, novamente em Moçambique, a Bawa e ao Zumbo, o nosso destino.

Toquei à campainha. Enquanto não surgia alguém para percorrer o velho caminho de brita que descia da casa até ao portão, fui olhando em volta e tudo permanecia como se o tempo se tivesse esquecido de passar por ali: a pequena piscina ao fundo, do lado direito, quase na sombra do renque de árvores, tufos de verde nos limites e nos cantos, hoje mais pacíficos do que nesses tempos em que a imaginação os enchia de cobras escondidas e outras possíveis surpresas, todas elas inquietantes. Faltava apenas o *splash* que o velho Reginald Benwell produzia ao mergulhar na água azul salpicada de uma ou outra folha que por qualquer razão escapara à rede do jardineiro Aaron, antes de começar a nadar em braçadas lentas como num quadro de Hockney. Mister Benwell, inteiramente nu como se apresentava todos os domingos bem cedo na borda da piscina, desafiando a neblina matinal e as convenções, as peles esvaziadas de músculo, brancas como os eucaliptos de há pouco, aquele vago sorriso que não o largava nunca, o nariz abatatado, umas orelhas enormes, bochechas avermelhadas pela timidez, pelo frio e pelo álcool. Ao lado, na *garden chair*, mas só depois do sol imperar, um pouco mais tarde, uma Mavis Benwell cujo perfil eu reencontraria duas décadas depois na ativista sul-africana Ruth First, o mesmo nariz pontiagudo, os mesmos óculos de massa escura, mas ao contrário desta última sempre com um sorriso a pairar nos lábios finos, folheando uma *Vogue* ou uma *House & Garden*, e eu remetido a um canto com a minha perturbação adolescente face a todos estes estranhos costumes, forçando a atenção na leitura de qualquer coisa em inglês para não destoar muito do quadro.

Não, nenhum som de gelo tilintando nos copos, nenhum *splash* de águas nem revistas desfolhadas com imagens que faziam a imaginação divagar, apenas o fervilhar leve dos passos de uma criada jovem descendo o caminho ao meu encontro, em uniforme rosa e avental imaculado.

— *Benwell?*

Não, já não moravam ali há muito. Os donos da casa agora eram outros. E não, não chegou a conhecê-los, disse. Só de ouvir falar. Haviam partido antes da independência, talvez para Durban (pelo menos era o que se dizia). Foi há muito tempo, repetiu, como se com isso se quisesse desculpar de uma falha.

Nas suas costas estendia-se a casa. Baixa, quase retangular não fosse a forma um pouco caprichosa da sala na extremidade que nos estava mais próxima, paredes de pequenos tijolos maciços até onde os arbustos e a hera deixavam ver, e janelas de ferro verde-musgo alongando-se quase até ao chão. Agora que a via, regressava também em mim a ideia do interior com toda a nitidez, o pequeno vestíbulo onde Mavis Benwell me recebeu quando cheguei (guarda-chuvas, gabardines e chapéus pendurados e tapando parcialmente o pequeno espelho do bengaleiro, galochas encostadas à parede), a tal sala de estar à esquerda, a de jantar à direita, esta com duas portas, a segunda abrindo para o início do corredor e para a cozinha à entrada da qual estava Peter, sorridente, pronto para o cerimonial das apresentações que

Mavis Benwell se empenhou em observar, dizendo qualquer coisa como:

— *This is Peter, the cook. And this is the young man from Beira I told you about, who will be staying with us for a while.*

É preciso repetir que nenhum plano me levara ali, apenas o acaso de um semáforo vermelho atrás do qual se escondia este passado de máscara afivelada, levando a cabo a emboscada. E ali estava eu, duas ou três ruas depois, encarando uma jovem criada que podia bem ser neta de Peter, espreitando por cima do ombro dela a casa de que me fui esquecendo ao longo dos anos, cada vez mais vaga, desfazendo-se em fumo, e agora outra vez nítida como se tivesse estado sempre ali à minha espera.

Não, também não sabia quem era Peter, disse a rapariga. Nunca ouvira falar. Este mesmo Peter que no dia seguinte, bem cedo, o meu primeiro dia inteiro naquele lugar, enquanto os outros ainda dormiam, ao ver-me à porta da cozinha me dirigiu um inesperado "*Bom dia!*" em português, um cumprimento que chegou como a proposta de um armistício imprevisto e grato para quem, como eu, se preparava para viver os tempos mais próximos mergulhado numa mal dominada língua estrangeira. Sim, estava ali uma espécie de socorro para quando faltassem palavras inglesas para me exprimir com precisão. Mas, descobri-lo-ia bem cedo nos dias que se seguiram, o que Peter me propunha com a surpreendente saudação não era propriamente servir de intérprete, mas antes o estabelecimento de uma espécie de pacto secreto uma vez que a partir daí só falaria em português quando estávamos sós (assim que sentia a presença de alguém, mudava imediatamente para o inglês).

No que me dizia respeito, levei a sério esse pacto e evitava falar com ele em português sempre que Mavis Benwell se encontrava por perto. Mas não saberia dizer ao certo o que isso representou para mim na altura, uma vez que fui reinterpretando a minha própria impressão pelos anos fora. Talvez a noção de partilhar com Peter o segredo de uma língua ou um território, uma noção inteiramente nova dado que era a primeira vez que me achava assim num país estrangeiro; a noção de sermos os dois, e de uma mesma maneira, algo distintos do resto. Malgrado as diferenças de estatuto e a raça, fatores à época da maior importância, era a primeira vez que encontrava um *conterrâneo* no estrangeiro. Embora nenhum de nós soubesse bem qual fosse, havia um laço que nos unia.

E Peter? O que o motivaria naquele pacto? Difícil de dizer. Talvez fosse uma atitude ditada pelo instinto de sobrevivência e ao mesmo tempo a sua única possibilidade de subversão, a única possibilidade de sentir que a sua dependência não era ali total, a sensação de que havia uma outra língua escondida para o salvar (haveria ainda uma terceira por trás desta, a língua da sua aldeia, mas esta questão era para ser posta lá, não aqui); ou então teria saudades da terra, caprichosa e involuntariamente corporizadas em mim, saudades que persistissem apesar das agruras que o terão levado a emigrar e que nunca me explicou quais eram (não confiaria em mim a esse ponto). Disse apenas que era de Moçambique, que viera de Tete há muitos anos para trabalhar nos laranjais de Mazoe. Ali, fora *descoberto* por Mister Benwell, que o trouxe consigo para a casa da Alexander Road onde a *Ma'am* (referiria sempre assim a patroa) o ensinou a ser cozinheiro.

Dias depois tive a oportunidade de saber um pouco mais sobre o percurso de Peter quando Mister Benwell me convidou a acompanhá-lo numa pequena viagem. Mister Benwell desempenhava funções superiores na companhia de bebidas *Schweppes* e por vezes o seu trabalho levava-o a fazer este tipo de viagens, uma espécie de visitas de inspeção.

Partimos então os dois em velocidade moderada, a fim de visitar os lugares onde Mister Benwell tinha os seus trabalhos. Primeiro o Kariba, e para chegar até lá houve que enfrentar um sem número de barreiras na estrada. A intervalos que me pareceram regulares surgiam estranhos veículos com a forma de aranhiços verde-oliva e cor de areia ou enormes caminhões *Casspir* de fabrico sul-africano metidos em espinha no caminho, e grupos de soldados de braço levantado para nos intimar a parar. Ao mesmo tempo que espreitavam para dentro do carro faziam toda a sorte de exigências difíceis de entender na altura, mas julgo hoje que andariam à volta de papéis de identificação, justificação da viagem etc. Usavam óculos escuros e chapéus de pano grosso de algodão, calções curtos, botas e meias grossas. Quando não eram militares, eram equipes que borrifavam os pneus do carro e as solas dos nossos sapatos com uma solução destinada a travar o caminho à mosca do sono. Parávamos, saíamos do carro, submetíamo-nos ao ritual, voltávamos a entrar e seguíamos viagem. Era como se de cada vez esfregássemos os pés num capacho e pedíssemos licença para cruzar um umbral, atravessar uma fronteira invisível para um outro reino, outra dimensão das coisas, e como se periodicamente aquela gente fosse registrando estas nossas sucessivas travessias. De tal forma que regressados mais tarde à Alexander Road, na impressão cansada que eu trazia, povoada de ecos da viagem, havia moscas enormes como helicópteros e era como se nós, já picados, prosseguíssemos de olhos fechados por uma estrada que não tinha fim, doentes de sono, dormindo acordados, confundindo os tempos e as distâncias entre as coisas. E como se algumas dessas marcas ficassem gravadas em nós para sempre.

Ainda na estrada e naquelas paragens, Mister Benwell cumpria as ordens que nos davam emitindo discretos resmungos e eu, sentindo já uma vaga culpa sempre que uma barreira nos surgia, como se trouxesse escondido um segredo comprometedor, apressava-me a imitar-lhe os gestos. Só em Mazoe, no regresso, já perto de Salisbury e onde também tínhamos de parar, Mister Benwell se tornou um pouco mais falador. Tirando a mão do volante para abranger com um gesto largo as intermináveis filas de laranjeiras que se espalhavam pelo vale, afirmou:

— *This is the best land you can find!*

E continuou a falar. Contou que segundo a lenda todo aquele vale fora desabitado até ao início do século vinte, altura em que os ingleses ali chegaram e construíram uma barragem que deu origem a um lago em tudo idêntico a um *loch* escocês, um lago que foram cercando de idílicas *farms*. Mais tarde surgiu a residência do gerente e os escritórios, os bairros dos pequenos funcionários, dos técnicos e dos amanuenses, a escola, uma linha de caminho de ferro e até os campos de tênis do pessoal europeu. Um pouco mais longe situavam-se os armazéns de ferramentas, químicos e material de empacotamento da fruta, uma grande loja, um depósito de rações para os animais de tiro, um enorme gerador, oficinas mecânicas de serralheria e carpintaria, enfim, uma moagem. Na periferia de tudo isto havia ainda os abrigos de vagões, tratores e outras máquinas, os estábulos dos animais e os *compounds* dos trabalhadores negros. Só depois, finalmente, os campos de laranjeiras alinhadas pelo vale como soldados numa imensa parada.

E, subitamente:

— *This is where I met Peter.*

Foi isto que Mister Benwell acrescentou, ao mesmo tempo que estacionava o Wolseley à sombra de uma árvore, antes de partir para os escritórios de pasta na mão. Fiquei só e com tempo para imaginar o seu encontro com o futuro cozinheiro. Exercício difícil, uma vez que Peter presumivelmente só circularia entre o *compound* e o pomar, portanto na periferia das *zonas brancas*. Será que o capataz o mandou fazer um recado, levar uns papéis aos escritórios e ali, cumprindo com o destino, ele se cruzou com Mister Benwell?

Mas, antes disso, nos tempos antigos, prossegue a lenda que Mister Benwell me contou, o pomar ia crescendo e exigia mais e mais braços que o alimentassem: era necessário plantar, regar, mondar e desbastar árvores que depressa se contavam aos milhares, e na altura certa colher as laranjas, empacotá-las e metê-las nos vagões que partiam para longínquas paragens. Recorreu-se aos braços que havia na região (afinal o vale não seria todo esse deserto de que falavam), mas ainda assim não bastou. Houve que importar mais braços, muitos mais, e foi assim que começou a chegar gente vinda do outro lado da fronteira, digamos que os avós de Peter. Estes tinham todas as razões para emigrar: na sua terra exigiam-lhes o pagamento de um imposto com dinheiro que não possuíam e, por outro lado, como se viu, sul-africanos e rodesianos necessitavam de braços para o trabalho das minas e da agricultura. O casamento afigurava-se perfeito. E lá partiam eles, empurrados por estas forças imensamente superiores ou então seguindo atrás da curiosidade e do sonho, motores poderosos alimentados por um combustível de histórias e de promessas.

Conta-se que à região de onde Peter sairia umas décadas mais tarde chegou um dia um certo Lipovich, indivíduo possante de cepa eslava, grandes barbas e sobrancelhas hirsutas, em busca de rapazes fortes para vender às *farms* e às minas. Depressa dominava a língua local e cirandava pelas aldeias, praguejando e sacudindo o pó, e enchendo a imaginação do povo com as maravilhas das terras para onde podiam ir, ideias fantasiosas daquilo que podiam fazer e vir a ter, assim o quisessem e se esforçassem por isso. Ao mesmo tempo ia emprestando moedas que os camponeses gastavam nas bebidas baratas das barracas do arrendatário daquelas terras, um certo Ernesto Galliau, homenzinho calvo de pérfido sorriso e olhinhos sempre a saltitar. Enfim, foi na base deste interesse comum que Lipovich e Galliau foram construindo uma produtiva amizade. Sentavam-se à varanda de madeira e zinco do arrendatário, cercados de jovens rapariguinhas já lascivas e de malévolo olhar, enxotando os mosquitos, bebericando aguardente e arquitetando. Um lançava a armadilha, levando os camponeses a sonhar, enquanto o outro fazia por garantir que uma vez presas as vítimas não mais pudessem escapar. E assim foi crescendo o rebanho de Lipovich, ou porque lhe deviam dinheiro por causa de um vício que não tinham como pagar ou porque o deviam a Galliau, das tais zurrapas, e Lipovich chegava para os socorrer. Por uma destas razões terá partido o avô de Peter, e depois o pai, e quando chegou a vez do futuro cozinheiro a coisa, como se costuma dizer, já lhes estava no sangue, já fazia parte da chamada tradição. De uma maneira ou de outra havia sempre que partir. E quis o acaso que seguindo esse destino o futuro cozinheiro atravessasse rios e matos até ir dar a Mazoe, onde começou por capinar o chão, depois podou as árvores, depois colheu os frutos e finalmente passou para o empacotamento, o topo da carreira, se assim se pode chamar-lhe, livre já das inclemências do sol e envergando uma luva branca para que o ácido da pele da mão não ferisse os frutos que embrulhava em papel de seda e dispunha em caixas num alinhamento meticuloso e calibrado, a esse posto promovido por aprender depressa e ter, segundo se dizia, o gesto *fino*. Terá sido nessa altura que aconteceu um dia Mister Benwell passar a caminho dos escritórios e reparar nele, ou alguém, algum capataz, lhe ter referido o tal gesto fino daquele particular trabalhador.

E Peter, o que viu ele em Mister Benwell? Provavelmente a garantia de poder ficar naquela terra, a garantia de se libertar da ameaça de ter de regressar a Moçambique assim que o contrato das laranjas chegasse ao fim (digo-o eu, por me ter parecido sempre que a condição que o cozinheiro punha para amar a sua infortunada terra era que ela permanecesse no sonho e na distância). Enfim, acertaram-se os dois e Peter deixou de empacotar laranjas e passou a descascá-las e a espremê-las na cozinha da Alexander Road, para o *breakfast* dos Benwell.

Entretanto, Mister Benwell regressou dos escritórios e retomamos a viagem de regresso a Salisbury. O dia findava, e embora a distância fosse curta fui-me deixando dormitar, um sono povoado por ecos de outras histórias ressoando das experiências que acabava de viver, laranjas de outros pomares que brilhavam como as primeiras luzinhas no cinzento já escuro da paisagem, para lá da janela do Wolseley de Mister Benwell. Ou talvez tenha sido Mister Benwell a referir outros pomares parecidos com este que deixávamos para trás, pomares como os de Harriet Beecher Stowe, uma norte-americana nascida antes do seu tempo, abolicionista e defensora dos direitos das mulheres, que cem anos antes, num lugar distante, acolhia em segredo escravos fugidos aos seus donos enquanto escrevia capítulos d'*A Cabana do Pai Tomás*, esse controverso livro que eu já conhecia e que povoou a infância da minha geração. Segundo se conta, finda a Guerra Civil, Beecher Stowe mudou-se para a Flórida e dedicou-se a cultivar laranjas como as de Mazoe (diz-se que com a ideia de resgatar aquela terra sulista ao opróbrio da escravatura), a pintar essas mesmas laranjas em quadros que perduram e, claro, a escrever. Mas na minha ensonada recordação, embalado pelo ronronar do motor, pelas palavras e também pelos silêncios do meu companheiro de viagem, e a cada passo perturbado pela necessidade de lhe responder, no meu sono imperfeito, dizia, quem figurava não era Peter, mas um Mister Benwell concentrado no volante. Lembro com clareza o seu perfil recortado contra o crepúsculo avermelhado daquele dia e de como descobri nele por fim, estranhamente, uma espécie de Pai Tomás, o mesmo nariz abatatado, as orelhas grandes e a nuca muito direita vista assim de perfil. Distinguia-os apenas aqueles olhos fixos na estrada à nossa frente, que se incendiavam de um azul vivíssimo sempre que cruzávamos com os faróis de um carro que vinha em sentido contrário.

Chegamos a casa à hora do jantar.

* * *

— *E a menina?* — perguntei.

A jovem criada continuava a encarar-me, tentando ainda ser prestável. A menina? A menina parece que já partira antes, ainda os pais cá estavam.

— *A menina chamava-se Jennifer, Jenny Benwell* — acrescentei, como se este dado a levasse a revelar mais qualquer coisa.

Mas a expressão dela permaneceu inalterável. O seu empenho não era igual ao meu, movia-a apenas uma natural simpatia e, quanto ao nome, Jenny ou não, isso não sabia.

Jenny. Uma mão-cheia de anos mais velha do que eu. Nesse tempo ela começara a frequentar a universidade, vivia no *campus*, aprendia línguas, dava os primeiros passos no português. Vinha a casa dos pais aos fins de semana, tentava praticar comigo a língua, porfiava na exploração de palavras que pareciam estar sempre a rebelar-se dentro da sua boca (curiosamente, não desafiava Peter a falar com ela em português, talvez porque este resistisse, nunca o cheguei a saber). Jenny era uma rapariga do seu tempo, moderna, mas de uma modernidade prudente e comedida. Usava minissaias discretas, sapatos de tacão baixo e palas com pequenas correntes douradas, e o cabelo escorrido com uma risca ao meio, por vezes uma bandolete. Era o gênero de rapariga a quem as calças de ganga, ao contrário de lhe conferirem um ar casual, se tornavam elas próprias aprumadas. Sim, era toda ela de uma beleza discreta e aprumada, tornada vagamente misteriosa aos meus olhos da altura pelos arames que usava nos dentes, então uma novidade (explicar-me-ia, entre risos, para o que serviam).

Depressa a presença dela se tornou indispensável para mim. Isso porque quando estava ausente me deixava inteiramente só face às regras e aos costumes da casa, que era necessário observar com precisão. Desde logo o jantar, um ritual complexo seguido sempre à risca, com talheres com funções específicas que fui aprendendo a usar e outros objetos para mim inéditos, como a minúscula mostardeira ou o sininho que Mavis Benwell usava para solicitar a presença de Peter, enfim, os *lambs*, os *roastbeefs* e os *curries* acompanhados sempre por inúmeras frutas e molhos de que o velho casal, magnânimo, se servia com gestos lentos e explícitos para que eu pudesse fazer como eles faziam (o velho Benwell havia servido na Índia). Findo o jantar, passávamos à sala de estar onde a ausência de Jenny me condenava a servir *gins* e *whiskies* que o casal ingeria em profusão depois de me terem ensinado a servi-los como gostavam, mais por necessidade de me manter envolvido no jogo do que

propriamente por precisão. Entretanto, de cada vez que recebiam um copo cheio incitavam-me a renovar o meu com *Pepsi-Cola* ou *Mazoe Orange Crush*, bebidas que nesse tempo faziam parte do portfólio da empresa de Mister Benwell e que havia sempre em casa em quantidades inesgotáveis. E, à medida que o tempo escorria, o álcool ocupava o lugar das palavras de modo que quando a noite ia avançada, embora estivéssemos os três frente a frente, há muito que os diálogos haviam cedido lugar a um silêncio muito próprio que eles empenhadamente cultivavam. Então, como que obedecendo a um sinal que nunca logrei descobrir, levantavam-se os dois das poltronas com certa dificuldade, emitiam um resmungo à laia de despedida e avançavam pelo corredor fora apoiados um no outro, deixando-me o encargo de recolher os copos e apagar as luzes. Enquanto o fazia, ouvia, ou imaginava ouvir, o desabar dos dois sobre a cama, lá dentro no quarto.

Voltando a Jenny. Quando ela estava em casa as noites corriam diferentes. O álcool continuava presente, é certo, mas domesticado pelas novidades que ela trazia ou pelo som do violão com que interpretava canções como *The Shadow of your Smile* ou *Green Sleeves* num fio de voz, e dedilhando as cordas com uma mão pequena que tinha no dedo maior, recordo, um anel com uma pequena pedra lilás. Se a sessão se prolongava, ousava mesmo recorrer ao cancioneiro de protesto de Joan Baez, com temas como *What Have they Done to the Rain*, *We Shall Overcome* ou *El Preso Número Nueve*, canções que, como por encanto, tal como acontecia com as calças de ganga, perdiam na sua voz toda a intencionalidade rebelde para ganhar em contrapartida uma inocência muito própria. Entretanto, os pais assistiam em silêncio, de olhos brilhantes por causa do álcool e porque ela era o orgulho discreto das suas vidas.

Devido a tudo isto, e também aos mistérios da primeira adolescência, com a partida de Jenny de volta ao *campus*, as segundas-feiras despontavam sempre um pouco deprimentes. Sempre que podia, eu atenuava essa névoa aproveitando a boleia de Mister Benwell para a cidade e deambulava pela First Street e pela Gordon ou a Stanley até ao Meikles, planejando cuidadosamente a compra de discos com o meu limitado pecúlio e deixando-me surpreender com as novidades algo modestas de uma cidade tão diferente da minha. Mas na maioria das vezes ficava em casa, lendo ou entretendo o tédio em conversas de circunstância com Mavis Benwell ou com Peter.

Certa noite, era salvo erro uma sexta-feira, já os Benwell haviam tombado sobre a cama e eu próprio me deitara, senti que chegava uma moto. Seguiram-se os sons da porta de entrada que se abria, passos no corredor, duas ou três pancadas leves na porta do meu quarto e eis Jenny no umbral de corpo inteiro, com um vestido um pouco mais ousado, lábios pintados e olhos sombreados, enfim, uma Jenny inteiramente diferente, cercada de um halo mais mundano. Era evidente que necessitava de conversar. Era evidente, também, um traço ligeiro de álcool no sorriso e nos gestos um pouco desmedidos, na escolha das palavras e nas mudanças bruscas de assunto. Sentou-se na borda da cama, perguntou-me, sem dúvida mais por cortesia do que por interesse, se eu havia achado na cidade os discos que procurava, disse que quem a trouxera a casa fora um potencial namorado. Na verdade, ainda não se decidira se o rapaz chegaria a sê-lo. Descreveu-mo, quis saber qual era a minha opinião, um pretexto para se alongar naquele assunto. Inebriado por uma proximidade tão inédita, pelo perfume que ela usava, pela importância que me era dada, enfim, pela partilha de segredos e pelas quebras de protocolo fomentadas pelo álcool (tocava-me repetidamente no braço enquanto falava), eu ia gaguejando no meu inglês já de si titubeante, sem saber bem o que dizer. Quanto a ela, era claro que não pensava ainda em recolher-se. Dizia-se de algum modo atraída pelo amigo, mas por outro lado assustava-a um pouco o discurso radical que ele tinha, a intenção de se alistar nas forças armadas (quanto a ela, sabia-o eu já, as suas aspirações resumiam-se a partir para Londres e prosseguir ali os estudos, enfim, ir nas férias a Lisboa aperfeiçoar o português). Do possível namorado, ou dos estudos, já não sei bem, passou ao *campus* da universidade e à agitação que por esses dias o tomava. Contou que no dia anterior houvera um confronto entre estudantes brancos e negros, com feridos e com a intervenção da polícia.

— *The campus is catching fire.*

Enquanto falava, pegou-me na mão e foi como se as suas palavras me levassem por um caminho que também ela parecia desconhecer. Falava com a mesma entoação que o pai tinha quando contava as suas histórias, via-se que era filha dele. Os estudantes negros, dizia, haviam começado por reivindicar direitos, mas agora olhavam além do *campus*, falavam num outro nacionalismo, abafavam sob uma independência branca muito recente, uma tenaz que os esmagava, e isso tornava-os a cada dia mais ousados e resolutos. Quanto aos estudantes brancos, limitavam-se a fazer eco da voz dos pais, embora houvesse uns quantos que procuravam alhear-se do conflito, pacifistas ligados à música, às drogas e às flores, ressalvava Jenny, como se por um momento sopesasse a possibilidade de haver ali um caminho. E debatia-se entre a simpatia que lhe incutiam as causas justas e a perturbação provocada pelas atitudes mais radicais. Como se estivesse de acordo que o mundo precisava de mudar profundamente, mas devesse fazê-lo com ordem e devagar. As únicas armas de que dispunha eram esta espécie de dilema e as dúvidas em relação ao namorado, e a única saída que vislumbrava era a partida para Londres, esse lugar mítico atravessado por Carnaby Street e pelos *Swinging Sixties* que também a mim vagamente entusiasmava. Já eu, nos meus treze ou catorze anos, os indícios que tinha ao dispor para entender o mundo que ali se abria a meus olhos eram adivinhações difusas que afloravam das contidas histórias de Peter, a referência quase tímida à sua caminhada a pé para atravessar a fronteira levando consigo nada mais além das próprias mãos, as mesmas que transportaram pedra, arrancaram capim, abriram regos de água com a enxada, colheram as laranjas, calçaram a luva branca para as colocar em caixas e, finalmente, cozinhavam na casa da Alexander Road; trazia ainda comigo pedaços d'*A Cabana do Pai Tomás* que a rebeldia da adolescência ia desmantelando tábua após tábua e ainda, recém-chegado da viagem a Mazoe, aquilo que deduzia do que me fora contado por Mister Benwell no caminho, que as laranjeiras não tinham brotado diretamente do chão, haviam antes sido enxertadas em pés de limoeiro silvestre que existiam por todo o vale, resultantes de caroços supostamente cuspidos cem anos antes pelos árabes das caravanas de escravos (ainda a *lenda branca*, numa derradeira tentativa de separar os protagonistas que figurariam naquela história e os que havia que manter a todo o custo à margem dela). Fosse como fosse, cuspidos ou não os caroços, o vale não estava deserto à chegada das laranjeiras inglesas, havia lá limoeiros para as receber e carregar nos ombros.

Hoje eu não saberia dizer com certeza como acabou aquele encontro. O que quero dizer é que não sei se o que lembro é exatamente aquilo que aconteceu ou se o tempo entretanto decorrido foi aduzindo novos elementos ao episódio como acontece sempre. Sim, sempre que evoco aquela noite, prevalece a voz de Jenny revelando-me coisas novas, formulando com voz trêmula as descobertas que íamos fazendo, desbravando juntos a lenda oposta, em que Nehanda, uma princesa do vale do Mazoe, há muito desaparecida, resolveu encarnar um dia numa mulher comum para poder intervir nos assuntos dos mortais. Essa mulher que Nehanda habitou chamava-se Charwe Nyakasikana, e com as repetidas visitas do espírito acabou por assumir também ela o nome de Nehanda, engrossando a voz como acontece com todos os possuídos a fim de poderem espalhar mensagens categóricas e definitivas junto dos seus iguais. No caso dela, essas mensagens falavam da miséria e das desgraças trazidas pelos ingleses, que a princípio pareciam visitantes amigáveis, mas aos poucos foram lançando impostos, obrigando o povo a trabalhar, roubando terras, convocando pragas de gafanhotos, espalhando a febre bovina e a doença do sono e, finalmente, queimando as carcaças do gado doente para que o povo não as pudesse comer.

Em suma, os brancos fabricavam a fome. Era esta a mensagem que Nehanda Nyakasikana transmitia na sua voz cavernosa, ouvida da boca da verdadeira Nehanda, que por sua vez a ouvira de Mwari, o único Deus. A rebelião que se seguiu, embora feroz, tinha mais convicção do que força e não durou mais do que um par de anos. Em 1897 Nehanda foi capturada, acusada de incitar e conduzir a guerra, e mais concretamente de mandar decapitar um funcionário inglês dos negócios indígenas. Foi condenada à morte juntamente com Kaguvi, também *médium* e seu associado.

Diz-se que Nehanda esbracejou até ao fim, recusando converter-se ao cristianismo e insultando os seus captores enquanto estes não conseguiram calar as suas palavras grossas e alteradas. Nehanda era a voz dos limoeiros da terra, aqueles que levavam em ombros as laranjas de Mazoe, e a última mensagem que deixou dizia que os seus ossos voltariam a levantar-se do chão para prosseguir a luta. E era ao som dos insultos gritados por ela que os estudantes negros do *campus* viam despontar a alvorada.

Lá fora, entre as cortinas da janela, também o dia começava a despontar. Jenny interrompeu o que dizia, como se tivesse mudado de ideias. Levantou-se, passou a mão pelos meus cabelos e disse:

— *Sleep tight*.

E apagou a luz e saiu do quarto, deixando-me para trás imaginando coisas de olhos abertos, no escuro.

* * *

— *I'm afraid I can't say I met your Jenny.*

A jovem criada pronunciava as palavras como se temesse a minha decepção. E continuava a olhar-me, à espera de outra pergunta com cuja resposta me pudesse compensar. O seu uniforme estava meticulosamente engomado, não sei se já o disse. Calçava umas *Bata* de lona de uma alvura irrepreensível, embora já um pouco gastas. Ocorreram-me várias coisas: perguntar por Aaron, o velho jardineiro, ou mesmo pedir para ver brevemente o interior da casa, aquele que foi o meu quarto por uns dias, a sala de jantar onde tantas vezes me compenetrei para não falhar em gestos como o de colocar o guardanapo no colo ou servir-me de uma pitada de *English mustard* com a minúscula colher de prata. Mas o que me saiu foi apenas querer saber-lhe o nome para lhe poder agradecer.

Sorriu e disse:

— *I'm Gladys.*

Finalmente, algo a que sabia responder. E eu fiquei sem saber como avançar. Dei uma última olhadela à casa, assim de longe, e acabei por despedir-me da ubíqua Gladys, umas vezes capaz de figurar nos meus pensamentos mais recentes e outras sugada para trás como se pertencesse ao já distante mundo dos Benwell. Quanto a Jenny Benwell, não a consigo lembrar com nitidez depois daquela noite em que chegou da festa.

* * *

Quando a deixei pela segunda vez, a Alexander Road despira-se já de toda a aura de mistério, talvez porque os Benwell já não estivessem ali, ou então porque entretanto o sol rompera atrás das nuvens e secara o pesado orvalho que antes pingava em toda a parte. No dia seguinte despedimo-nos de Harare e iniciamos a viagem para norte por uma estrada interminável, que começa por descer os socalcos do pedestal que sustenta a cidade e se vai aos poucos degradando. Passamos pelo velho vale do Mazoe, nessa altura já uma sombra do que fora quando o vi pela primeira vez na companhia de Mister

Benwell (mais tarde, diz-se, a ganância da esposa do velho ditador transformá-lo-ia em nova sombra ainda desta sombra). Seguiram-se extensões intermináveis de floresta por vezes sem traços de existência humana, outras com casinhas dispersas semeadas nas encostas e rolos de fumo que cresciam e ganhavam formas monstruosas antes de se dissiparem nas alturas. Muitos quilômetros mais tarde, salvo erro na região de Mushumbi Pools, sobreveio uma avaria que nos despertou do entorpecimento próprio das viagens longas e nos trouxe de volta à nitidez das coisas, felizmente acompanhada pelo milagre de haver por perto, logo depois da curva, um pequeno povoado e o socorro do seu posto policial.

A sala de operações do posto localizava-se num enorme rondavel com paredes baixas de pedra e cobertura de colmo, perfeita como só ali sabem fazer. O terreno era elevado e dali abarcava-se uma grande extensão de território em volta. No interior, alguns polícias fardados e paredes cobertas por grandes mapas da região. O agente que nos atendeu tratou de telefonar para Harare, criticando duramente a empresa que nos alugara um carro naquelas condições, e obteve a garantia de que no dia seguinte, bem cedo, nos fariam chegar ali um novo carro. Depois, virou-se para nós:

— *Now, let us find you a place to spend the night.*

E levou-nos a um acampamento dos serviços de combate à tripanossomíase não muito distante do posto. Era como se o destino se tivesse disposto para uma noite carregada de sentidos. Receberam-nos bem. Estavam acostumados a acolher gente, quer funcionários do governo e pesquisadores acadêmicos, quer meros viajantes como

Tsetsefliege (Glossina morsitans). 2/1.
(Art. *Tsetsefliege*.)

nós, ali levados pelo acaso. O fogo estava aceso para o jantar. Naquele ambiente escuro e avermelhado que as chamas criavam, salpicado pelo crepitar da lenha a arder e outros estalidos discretos vindos do escuro, riscado pelo voo errático de pequenos insetos notívagos que o fogo entusiasmava, falou-se da atividade que ali desenvolviam. Estávamos no coração do território da doença do sono e, portanto, foi inevitável falarmos dela e de como a combatiam. Explicaram que o que a provoca é a picada da mosca tsé-tsé infectada pelo protozoário causador do mal, que desta maneira é introduzido nos sistemas linfático e sanguíneo. Uma vez ali, ele multiplica-se para começar a fazer o seu trabalho. No caso dos animais, bois e antílopes, por exemplo, a doença toma o nome de *nagana* e causa uma grande devastação nas manadas. No *nosso* caso, disseram, ela assume uma forma aguda e o protozoário dominante é da subespécie *trypanosoma brucei rhodesiense* que, embora representando apenas três por cento do total de ocorrências da doença nos humanos, é conhecido pela sua particular agressividade e virulência. A doença começa por provocar dores de cabeça e dores musculares e das articulações, resultantes da inflamação dos nódulos linfáticos, além de erupções cutâneas, inchaços na face e na base do pescoço, e febres por vezes violentas. Numa segunda fase, o mal chega ao líquido cefalorraquidiano e ao cérebro, e a vítima manifesta extrema dificuldade de concentração, distúrbios do sono (daí o nome genérico dado à doença), descoordenação motora, alterações da personalidade e confusão mental, quando não uma letargia profunda desembocando quase sempre no coma e na morte. Ao contrário da doença crônica, em que o processo pode levar alguns anos, na variedade *rhodesiense* as duas fases tendem a confundir-se e as coisas podem precipitar-se, com apenas escassas semanas a decorrer entre a picada e o desfecho fatal. Disse-se ainda que esta doença, a que os antigos já chamavam de *mal do destempero* do sono, foi associada à mosca tsé-tsé por David Livingstone, por volta de 1857. Na região onde nos encontrávamos, a vigilância e o esforço do combate à mosca eram permanentes. O último grande surto verificara-se em finais da década de sessenta, devido a várias razões, acrescentaram, desde a fragilização dos serviços de saúde de uma África em transição para as independências (portanto com outros interesses e prioridades), até ao surgimento das primeiras reservas relativamente ao uso do DDT, um inseticida muito nocivo até então utilizado liberalmente em extensas pulverizações aéreas para combater a mosca.

As referências à década de sessenta e ao DDT causaram-me uma vaga perturbação, talvez por me trazerem novamente à lembrança a viagem levada a cabo com Mister Benwell precisamente nessa altura, e as barreiras que nos surgiam no caminho e obrigavam a parar, umas munidas de armas verdadeiras, outras de pulverizadores de DDT que hoje sabemos serem igualmente ameaçadores. Era como se a sombra do passado rondasse aquela estrada, como se rondasse a fogueira. E regressou, vívida, a imagem que me havia visitado na adolescência, em que milhares de homens calcorreavam esta mesma estrada em busca de trabalho e de vidas alternativas, os avós de Peter, grupos de viajantes caminhando pela berma com pequenas trouxas à cabeça, envergando as suas melhores roupas domingueiras na esperança de poderem vir a impressionar favoravelmente quem quer que calhasse surgir para os contratar e lhes regularizar a situação aos olhos das autoridades. Os riscos eram enormes. Quando não eram essas autoridades a tolherem-lhes os passos, eram os animais selvagens ou a doença insidiosa na tocaia, surpreendendo-os numa curva do caminho. Inchavam, ardiam em febre, entravam num estado progressivo de confusão de opções e entendimentos e, por fim, de faces transfiguradas, como se já num sono profundo, caminhavam trôpegos de um mundo rural que se ia tornando inabitável até aos campos de trabalho que os aguardavam deste lado.

Salvo erro, foi nesta altura da conversa que alguém mencionou um capitão-médico português chamado José Firmino Sant'Anna (pronunciaram Ferminow), epidemiologista ilustre, que nas primeiras décadas do século XX seguia de perto estes incessantes cortejos de migrantes para saber para onde iam, por onde se movimentavam, a fim de descobrir de que forma se espalhava o mal do sono em toda a vasta região e o poder cartografar. Não foi difícil imaginar o médico de farda desabotoada por causa do calor, acompanhado de dois ou três assistentes, todos de chapéu e grandes bigodes e malinhas de madeira com equipamento científico, interpelando esta gente no caminho tal como, anos mais tarde, as brigadas me interpelariam a mim e a Mister Benwell para nos medir a temperatura do corpo e nos sondar as intenções. E embora nesta viagem recente, interrompida pela avaria, não tivéssemos cruzado com tais barreiras, era como se o passado continuasse ali à nossa espera, estendendo a mão para nos interpelar.

Antes de darmos a noite por terminada, saciados e sonolentos, e no seguimento da conversa sobre a estrada, falou-se ainda de um grave acidente ocorrido anos antes não muito longe dali, em que um caminhão que transportava dezenas de soldados moçambicanos para a guerra do Zumbo se despenhara de uma ponte, causando a morte de muitos deles. O caso teve repercussões, disseram os nossos hospedeiros. Alguns deputados questionaram na Assembleia Nacional do Zimbábue o fato de haver tropas estrangeiras a circular armadas e fardadas pelas estradas do país. Em resultado, o Zumbo de Peter, imerso no conflito e sem estradas alternativas de ligação, ficou ainda mais isolado, mais entregue a si próprio. Esperando por nós no fim daquela estrada.

Esta linha tão fina que perpassou toda a conversa, separando a serenidade do local com o potencial violento que ele guardava, esta linha demarcando a custo tempos tão diferentes também, levou-me a um sono agitado depois que nos recolhemos. Já com a noite bem madura, perto da madrugada, o Capitão Sant'Anna e as moscas do mal conviviam ainda com uma Harriet Beecher Stowe em fim de vida, numa altura em que deixara já a Flórida de regresso ao Connecticut natal, já viúva e acometida pela depressão e pela demência.

Retrato de Harriet Beecher Stowe, por Francis Holl, 1853

Mark Twain, um ilustre vizinho seu em Hartford, escreve que ela entrava livremente nas casas das redondezas às horas mais impróprias (nesse tempo as portas permaneciam sempre abertas), e sem qualquer pejo tocava cançonetas num piano alheio, consultava livros retirados às estantes ou abria gavetas e servia-se do chá como se estivesse na sua sala. Diz-se também que nesta fase da sua vida, revivendo tempos passados a seu bel--prazer, enchia centenas de páginas de letra miudinha reescrevendo de cada vez, letra por letra, palavra por palavra, o texto d'*A Cabana do Pai Tomás* como se estivesse a redigi-lo pela primeira vez. Tombava então sobre os papéis, deixando-se adormecer num sono profundíssimo, enquanto a vela se aproximava perigosamente do fim e Firmino Sant'Anna chegava com os seus homens, de bata branca, para a levar.

Emergi de madrugada fatigado por estas incessantes associações que só o sono legitima, como se a doença da mosca pudesse ter viajado dentro da ideia de uma laranja, cruzando os mares para se alojar na ilustre escritora, do outro lado do mundo.

Nessa mesma manhã seguimos para o Zumbo já no novo carro, entretanto chegado. Fizemo-lo desta vez sem novidades de monta.

* * *

Cruzada a fronteira em Kanyemba, abriu-se aos nossos olhos uma região acabada de sair da guerra, mergulhada numa espécie de indecisão discreta entre a euforia e a possibilidade de retorno da tragédia. Quando o vemos pela primeira vez, o rio Zambeze surge ali como uma revelação azul, serena e vasta. E, nesse dia, com algo de festivo. Nas suas margens caminhavam camponeses tranquilos e ouviam-se pancadas ritmadas, de um trabalho qualquer a ser levado a cabo. No ar, os fumos e os cheiros acres da farinha deixavam adivinhar comida a ser preparada algures, para lá das sebes de micaia. E por cima das nossas cabeças circulava uma pequena aeronave, uma visão inusitada naquelas paragens. Afastava-se por cima do rio, dava uma volta larga e voltava a demandar a margem com o seu zunido de inseto insistente. Agarrado ainda às histórias da noite anterior, cheguei a pensar que se preparava para nos pulverizar, e a natureza ao redor, com a sua reserva de DDT. Passado um pouco, a aeronave retornou em nova passagem, desta feita em voo baixo e com um som mais grosso para largar milhares de *confettis*, como se fosse uma pequena nuvem empertigada expelindo uma chuva multicolor. Alguns papéis perderam-se no rio, outros sobre as árvores, deixando-as polvilhadas de uma poeira festiva. Um deles veio pousar-me aos pés. Nele se prometia uma gorda recompensa a quem encontrasse o corpo de um jovem desaparecido nas águas do rio. Depressa a mensagem se transformava em rumor murmurado entre todos. O jovem era afinal filho de um rei muito poderoso, talvez mesmo um presidente, e a quantia prometida ia variando consoante a fantasia dos poucos que sabiam ler: uns referiam um número irrisório com desdém, enquanto para outros o que se anunciava era tanto que escapava ao nosso entendimento. As coisas giravam à volta de um jovem a quem o pai, um milionário nova-iorquino com investimentos na região, oferecera a bizarra prenda de uma despedida de solteiro neste fim de mundo, na companhia de um grupo de amigos. O alegre bando saíra numa lancha, já de noite, para um passeio no rio acompanhado de álcool, velocidade, gritaria e destempero. A tragédia então acontecera. Dizia-se que a lancha soluçara de repente, devido a uma avaria ou por embater num banco de areia ou num filhote de hipopótamo (as versões eram muitas, já se disse), e o jovem, que viajava à proa com as pernas de fora e uma garrafa na mão, fora cuspido para as águas negras, perdendo-se nos fundos, provavelmente nas fauces de algum crocodilo ou esventrado pela hélice da embarcação que, entretanto, saltara para diante após o soluço e prosseguira a marcha. O pai, homem de reputação cruel e avarenta (dizia-se que mantinha cativos em jaulas os trabalhadores da sua coutada que se revelavam ladrões ou preguiçosos, e que os matava à fome), deixava finalmente amolecer o coração, solicitando a ajuda de todos e prometendo o paraíso a quem lhe achasse o filho.

Enfim. Era, pois, como se a esperança e a tragédia fossem irmãs. Mas, diga-se em abono da verdade, por vezes a primeira enfrentava com garbo a segunda, aclarando-lhe os humores, como por exemplo quando nessa mesma noite se voltou a ouvir o tricotar das armas automáticas e afinal não era a guerra que voltava, mas apenas tiros de aviso para afastar das hortas um pequeno grupo de elefantes que resolvera vir beber ao rio. E, num ambiente já distendido, seguiu-se um inesperado *breakfast* inglês com todos os seus componentes, incluindo a vista magnífica sobre o rio. O cozinheiro apresentou-se para os cumprimentos de praxe. E afirmou chamar-se Pedro (pronunciou-se a si próprio como *Pederow*), e ser oriundo do Zimbábue. Tinha vindo do Mazoe, contratado para trabalhar como cozinheiro, acrescentou num português cheio de dificuldades.

Pedro, Peter. Fui tomado por uma ligeira vertigem. O jogo da fronteira recomeçava.

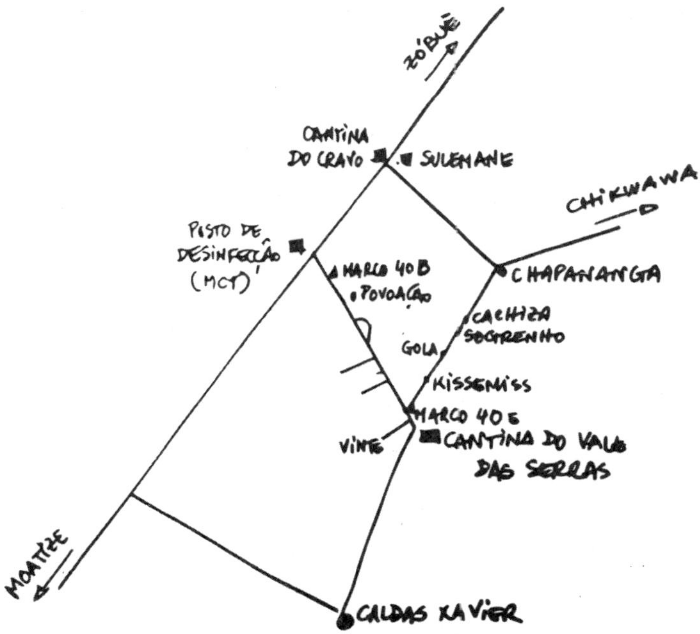
ZÓBUÉ
CANTINA DO CRAVO
SULEMANE
CHIKWAWA
PISTO DE DESINFECÇÃO (MCT)
MARCO 40 B
POVOAÇÃO
CHAPANANGA
CACHIZA
SOGRENHO
GOLA
KISSEMISS
MARCO 40 E
VINTE
CANTINA DO VALE DAS SERRAS
MOATIZE
CALDAS XAVIER

FIGURAS DE PAPEL

Nessa época eu passava muitas horas a desenhar um mapa enorme numa escala de 1:500.000, e aquilo que lançava na grande folha de papel vegetal a tinta negra e aparo fino eram cuidadosos nomes de aldeias que, na verdade, na sua grande maioria haviam já deixado de existir. Uma espécie de aldeias-fantasma espalhadas num território rasgado pelas garras da História. Por vezes, no final de uma exaustiva sessão de trabalho, ficava a olhar o traço leve e encaracolado de afluentes anônimos de rios mais ou menos conhecidos, ou de estradas secundárias e caminhos intricados como cabelos da raiz de uma planta nova, e a vermelhidão da luz do candeeiro fazia com que os pequenos nomes das aldeias parecessem arder como muitas delas arderam de fato, fustigadas pelas violentas incursões dos senhores de escravos ou dos invasores Nguni vindos do sul, queimadas em incêndios ateados por vingativos soldados coloniais ou ainda, um pouco mais tarde, já nos nossos dias, por grupos de rebeldes possuídos de uma raiva que parecia inextinguível; outras vezes era o cansaço dos olhos que fazia com que os nomes dançassem e lentamente se esvaecessem como acontecera a muitas dessas aldeias, abandonadas por habitantes levados à força pela inclemência do tempo que lhes secava as culturas e evaporava a água, por autoridades que os arrastavam para outras aldeias julgadas mais consonantes com os parâmetros definidos, ou finalmente expulsos pelos senhores dos rubis, do carvão, do gás das profundezas e da madeira das florestas, que lhes exigiam as terras e as águas e lhes apoucavam os costumes e os sonhos. Em qualquer dos casos essas modestas aldeias de paus e palha eram deixadas para trás — *shoshrona*, chamava-lhes o povo, recorrendo a uma onomatopeia que evocava o som do vento a sacudir livremente as folhas das árvores e dos arbustos outrora domésticos, agora largados ao deus-dará — eram aldeias deixadas para trás, dizia, irremediavelmente desertas e a morrer devagar como construções de areia que o vento roesse e despedaçasse até restar apenas um lugar anônimo, sem sequer um nome que as distinguisse, esboroadas e dispersas por completo, reconquistadas pelo mato.

Por completo não, pensava eu na altura em que me dedicava ao laborioso mapa, na esperança ingênua de as resgatar de uma existência que não podia ser vã, a esperança de que ao menos ali esses nomes resistissem a um intolerável desaparecimento sem deixar traço. Achava que, ficando sem interpelação essa espécie de arrastado genocídio dos lugares, esse *locicídio*, ele alastraria à memória como uma doença, e que quando a memória claudicasse finalmente às forças do oblívio nada mais restaria que fizesse sentido. As palavras, quando as houvesse, seriam indecifráveis, e os gestos uma permanente surpresa, como se não proviessem de outros gestos e não fossem ditados por um motivo. Sim, no fundo, o propósito do mapa, algo absurdo, concedo, era o de registrar as ruínas que iam ficando para trás, cada uma delas ocupando um espaço e deixando-se encapsular numa única palavra, na esperança, já o disse que um pouco absurda (assim penso eu hoje), de que, orientados pelo mapa, pudéssemos operar o milagre de as repor incólumes na paisagem verdadeira, de as refazer, escarnecendo assim da ação dos homens e desafiando a ação do tempo.

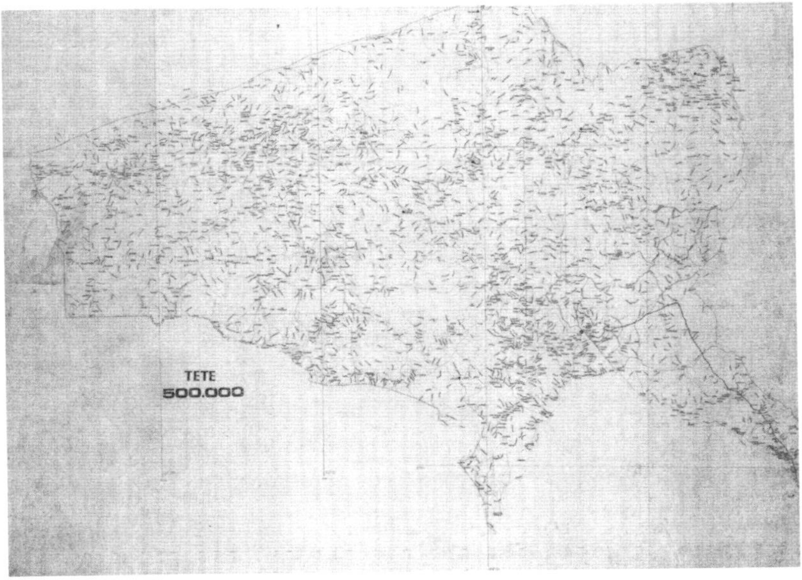

Devo acrescentar que, embora fantástico, o mapa não era fruto do arbítrio de uma qualquer fé (salvo esta, atrás descrita, de o ir completando), ou sequer do capricho da imaginação, mas alimentado, ao contrário, por um obstinado esforço de ligação à realidade. Para tal, recorria a fontes antigas como o *Atlas Missionário* da Junta de Investigações do Ultramar ou o magnífico *Dicionário Toponímico, Histórico, Geográfico e Etnográfico de Moçambique*, do velho administrador Saul Dias Rafael (o

Matanato), a cópias de detalhadas cartas de satélite com o selo *US Navy* arquivadas no Instituto de Investigação Agronómica e, ainda, e sobretudo, às intermináveis listas e relatórios administrativos, policiais e militares coloniais, em particular os referentes ao período da guerra da independência.

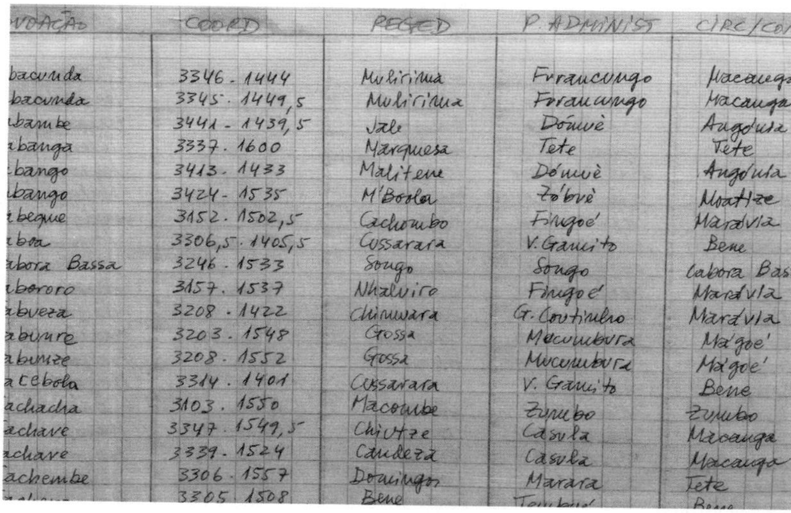

VOAÇÃO	COORD	REGED	P. ADMINIST	CIRC/CON
bacunda	3346 . 1444	Mulirima	Frrancungo	Macanga
bacunda	3345 . 1449,5	Mulirima	Frrancungo	Macanga
bambe	3441 . 1439,5	Jale	Dómuè	Angónia
banga	3337 . 1600	Marquesa	Tete	Tete
bango	3413 . 1433	Malitene	Dómuè	Angónia
bango	3424 . 1535	M'Boola	Zóbuè	Moatize
beque	3152 . 1502,5	Cachombo	Fingoé	Maravia
boa	3306,5 . 1405,5	Cussarara	V. Gamito	Bene
bora Bassa	3246 . 1533	Songo	Songo	Cabora Bass.
bororo	3157 . 1537	Nhaluiro	Fingoé	Maravia
bueza	3208 . 1422	Chimuara	G. Coutinho	Maravia
bumre	3203 . 1548	Grossa	Mucumbura	Mágoé
bunze	3208 . 1552	Grossa	Mucumbura	Mágoé
cebola	3314 . 1401	Cussarara	V. Gamito	Bene
chacha	3103 . 1550	Macombe	Zumbo	Zumbo
chave	3347 . 1549,5	Chiutze	Casula	Macanga
chave	3339 . 1524	Candeza	Casula	Macanga
chembe	3306 . 1557	Domingos	Marara	Tete
[illegible]	3305 . 1508	Bene	[illegible]	[illegible]

Semana após semana, mês após mês, ano após ano, esses relatórios iam debitando nomes de aldeias com as respectivas coordenadas como se levassem a cabo um empreendimento diligente por mim contratado, nomes e lugares que eu ia verificando, cruzando, reconfirmando e finalmente semeando naquela imensa floresta de palavras soltas que umas vezes surgiam prenhes de sentido, apesar da sua pequenez, e outras, como referi, tremeluziam fragilmente até quase desaparecer num lume avermelhado ou numa névoa vaga como as das manhãs frias do tempo do cacimbo, de qualquer modo sempre mergulhadas em relativa incerteza, despontando como uma espécie híbrida resultante de informações contraditórias e de silêncios, que era necessário continuar a explorar (muitas sobreviviam a lápis e a custo até que novas informações, mais categóricas, as tornassem merecedoras de ser passadas a tinta da china ou, pelo contrário, de ser punidas por uma borracha arrasadora que mimava a fúria dos homens e dos elementos). Seguros, somente os rios conhecidos, os acidentes orográficos e os aglomerados de maior envergadura, pelo menos naquilo que pode ser assegurado pela encenação das cartas e dos mapas. Sim, tudo o resto pairava numa hesitante incerteza de confirmações e desapontamentos, incerteza essa que a meu ver só reforçava a valentia do empreendimento.

Foi com um espírito de luta contra essa incerteza, com o mapa enrolado embaixo do braço e, ainda, com uma pasta cheia de papéis, que certa vez parti para Tete ao encontro de um tal Celestino de Sousa. Confesso que levava algum nervosismo criado pela expectativa de encontrar alguém que de fato visitara e havia percorrido os caminhos daquelas aldeias, e cujas palavras viessem, portanto, a comportar a prova definitiva da sua existência, como se uma memória independente, unida à pilha de documentos, trouxesse o vigor decisivo para as resgatar uma a uma e, com isso, ir acrescentando nitidez ao mapa. Não se tratava, contudo, de uma entrevista no sentido tradicional do termo uma vez que esperava dar em troca ao meu interlocutor, com os papéis que levava na pasta, respostas para perguntas que, atrevia-me a pensar, lhe vinham perturbando o sono há muito tempo. Foi partindo deste pressuposto que cometi o meu primeiro erro, como se verá.

* * *

Celestino de Sousa era um homem alto e magro, de pele macilenta de um castanho levemente alaranjado, um pouco curvado e com uma voz cava que me pareceu obra de anos e anos de tabaco, embora nunca o tenha visto fumar. A espaços, tossicava. O seu olhar saltitava entre a minha pasta de papéis e o espaço em volta, como se vivesse uma permanente desconfiança.

— *Esses assuntos são sempre complicados.*

Reagia às minhas primeiras alusões àquele passado turbulento, como se falar dele constituísse uma imprudência. E a sua inquietude só se reforçou quando eu, por minha vez, cometi o referido erro ao puxar por uma fotocópia que coloquei na sua frente, dizendo:

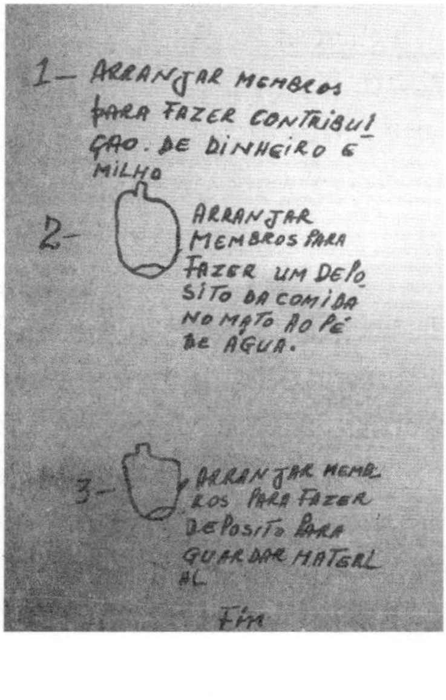
1– ARRANJAR MEMBROS PARA FAZER CONTRIBUIÇAO. DE DINHEIRO E MILHO

2– ARRANJAR MEMBROS PARA FAZER UM DEPOSITO DA COMIDA NO MATO AO PÉ DE AGUA.

3– ARRANJAR MEMBROS PARA FAZER DEPOSITO PARA GUARDAR MATERIAL

FIM

— *Foi o senhor que escreveu isto?*

Pretendia, com o pequeno artifício, espevitar a conversa, avivar-lhe a memória, enfim, ganhar-lhe a confiança. Mas, lamentavelmente, o resultado foi o oposto. Olhou o papel, estupefato, e voltou a olhar em volta com uma perturbação crescente.

— *Esse desenho foi destruído há muitos anos!*

Foi isto que acabou por afirmar. Imaginando o que lhe iria na cabeça — polícias secretas vasculhando vorazmente as cinzas das coisas, magias e feitiços, enfim, artimanhas destinadas a complicar-lhe a vida — fiz os possíveis por tranquilizá-lo. Asseverei-lhe que não era nada disso que pensava, o que quer que fosse. Eu pretendia apenas entender como as coisas se haviam passado. Não pareceu tranquilizado. Percebi que, ao invés de avançarmos, recuávamos. Mas não me dei por vencido. Afinal, fora pelos tortuosos caminhos do meu mapa, pelas suas aldeias de fantasia, que ele caminhara muitos anos antes até chegar a uma certa cantina da estrada do Zóbuè, em pleno mato, na região da fronteira, e entrar nela pela primeira vez para descansar da jornada, e onde a cerveja lhe soltara a língua a ponto de o levar a entabular conversa com um desconhecido, chamemos-lhe o *Indivíduo X*. Conversa sobre o tempo, sobre os preços das coisas, sobre lugares onde ambos haviam estado no curso das suas vidas, ele e o Indivíduo X; sobre, até, gente que os dois sabiam quem era, conhecimentos por assim dizer comuns (provinham ambos daquela região). E a cerveja, mais a ansiedade e a pressa de cumprir com o que o levava ali, fizeram-no baixar a guarda a ponto de dizer ao Indivíduo X um pouco mais do que devia, que chegava da Niassalândia (perdão, do Malaui, uma vez que o país acabava de tornar-se independente), onde as coisas mudavam rapidamente. O Presidente Banda mostrara o caminho ao povo e os ingleses haviam sido obrigados a aceitar o fato, e se aqui fosse feito o mesmo, a mesma pressão, se houvesse algum empenho por parte dos mais corajosos, enfim, alguma organização, os portugueses não teriam outro remédio senão aceitar a derrota e partir também, deixando-nos a sós com a nossa independência.

Pois sim, terá dito o Indivíduo X, presumo eu. E depois que se separaram à porta da cantina, este último deu uma volta vagarosa como quem ia para casa, na verdade à espera que passasse o lusco-fusco, após o que se dirigiu, já escuro, a casa do Chefe do Posto Virgílio Martins de Oliveira a fim de lhe dar conta do sucedido. Oliveira veio à porta ainda a abotoar a balalaica e a resmungar por ter sido interrompido no que quer que estava a fazer. Mas, por vezes, como agora, quando se tratava de assuntos deste jaez, preferia que fosse assim desta maneira, nos arbustos junto à varanda da casa, no escuro da noite, longe dos olhares indiscretos do edifício da Administração, escondidos os dois atrás do trinado dos grilos ou do ronronar do gerador. Duas sombras murmurando entre si.

O Indivíduo X, que a partir de agora passarei a designar por *Informador*, tendo em conta o seu papel nesta história, e por ser assim que os documentos o referem, era por assim dizer um dos vários instrumentos que ampliavam a capacidade de escutar do Chefe do Posto do Zóbuè. Embora sempre paciente e atento aos detalhes, Oliveira apressou desta vez o encontro, despediu o *Informador* e entrou para fugir aos mosquitos e redigir a minuta daquele que viria a ser o Boletim Informativo nº 5/1965, do Chefe do Posto do Zóbuè, enviado no dia seguinte ao Administrador do Concelho de Moatize, Mário Ferreira Gonçalves, seu superior hierárquico, cuja cópia eu também levava na pasta, e que rezava assim: *O Informador, que vem trabalhando com o signatário desde 1961, declara-me que acaba de ser abordado por um indivíduo africano da Frelimo, vindo do território do Malawi (...), que lhe declarou estar encarregado de montar os serviços na área do Zóbuè para mais facilmente poder activar e ajudar os adeptos já instalados na região.*

Enfim, ao referido encontro do Celestino de Sousa com o *Informador* seguiram-se outros, e foi quando iam já por volta do terceiro (há um certo conflito entre os documentos e a memória do meu interlocutor neste particular), no mês que se seguiu e nesse mesmo lugar, que Celestino, no calor das ideias, achou que era tempo de correr um risco ainda maior, um risco imprudente que acabou por desencadear tudo o resto. Nessa altura os dois homens já punham de parte o aperto de mão cortês para se abraçarem como velhos conhecidos, e o Celestino, embalado pelo contexto, avançou um pouco mais e deu o passo decisivo, passando das palavras aos atos e entregando ao *Informador* um maço de cartões da Frelimo e um pequeno cartaz, também constante nos arquivos, encimado por três fotos com as legendas *Uria T. Simango, Dr. Eduardo Mondlane* e *Marcelino dos Santos*, seguidas de um texto encomiástico sobre os líderes visados e culminando com uma bandeira impressa a cores e sobre a qual estava escrito:

Um só fim: Independência Nacional,

Uma só Força: O Povo,

Um só Guia: A Frelimo.

Todos estes papéis ficaram pois na mão do *Informador*, assim como o desenho cuja cópia mostrei a Celestino no início do nosso encontro e que tanto o alarmou, onde constavam indicações sobre o que fazer, nomeadamente recrutar membros, angariar dinheiro e comida, e definir um esconderijo para as armas que viriam. Os cartões eram para distribuir entre quem desse garantias de aderir à causa; o desenho, para memorizar e logo em seguida destruir.

Depois que recebeu tudo isto das mãos do *Informador*, em mais um dos habituais encontros reservados, sempre de noite e junto aos arbustos do pequeno jardim, o Chefe Oliveira entrou e passou um bom bocado a refletir. Podia mandar prender o Celestino de imediato e *espremê-lo* para lhe retirar tudo o que pretendia saber. Matar a cobra no ovo. Mas, sagaz, pareceu-lhe pouco. Após todo o esforço para *treinar* o Indivíduo X e fazer dele o *Informador*, o esforço de o pôr em campo atento a Celestinos que sabia que haveriam de surgir, a paciência de o ver chegar vezes sem conta de mãos vazias ou com pequenos sinais que, esmiuçados, davam em nada, enfim, agora que ele estava finalmente na pista certa e lhe trazia algo de substantivo, trocar tudo isso por uma punição de eficácia prática incerta parecia-lhe pouco. Não. Havia que agir de outra maneira. E, depois que jantou, retirada a louça para poder espalhar sobre a mesa o pequeno espólio que o *Informador* trouxera, os papéis com que o Celestino cruzara a fronteira correndo tantos riscos e no qual tantas esperanças depositava, Oliveira olhou tudo aquilo demoradamente até se deter nos cartões de membro da Frelimo. Cada um deles representava a possibilidade de um futuro militante nacionalista clandestino, dedicado ao serviço da causa e disposto a correr os riscos inerentes. E, num impulso, o Chefe Oliveira pôs-se a preencher cada cartão com o seu próprio punho, variando a letra em cada caso, escolhendo nomes à sorte, Mateus, Zefanias, Francisco, Homero, nomes colhidos aqui e ali, nomes de antigos ou atuais subordinados, de amigos e familiares deixados para trás na sua terra, e apelidos da região para não despertar suspeitas, M'boola, Zacarias, Chintamuende, ou um mais vulgar Silva aqui e ali, dando-se por satisfeito quando contou, criados, imaginados e registrados, quinze falsos militantes clandestinos. Sorriu. Não iria mais longe, não queria correr o risco de expor o *Informador* a um sucesso inverossímil aos olhos do Celestino. Quinze militantes bastavam, pelo menos por agora. Além disso, por cada personagem criada, por cada cartão preenchido, haveria que pagar a respectiva cota e, não existindo rubrica que tal contemplasse no orçamento do Posto, teria de ser dinheiro saído do seu próprio bolso.

Foi assim que surgiram as quinze figuras de papel, o pequeno exército de heterônimos do Chefe Virgílio Martins de Oliveira.

* * *

Celestino de Sousa caminhou muito até chegar à cantina do Selemane onde encontrou o *Informador* e onde tudo isto começou. Contou que saiu do Zóbuè para a Beira em 1963 a fim de trabalhar nos caminhos de ferro, mas logo nesse ano foi chamado ao serviço militar e seguiu para Lourenço Marques. Fez a recruta em Boane, onde ficou pouco tempo dado que lhe foi diagnosticada *doença grave* (embora não tenha referido, calculei que fosse dos pulmões), e acabou desmobilizado. Regressou à Beira e ao trabalho. Entretanto, quando estava ainda em Boane adquirira um transístor na cantina militar e usava-o sobretudo para ouvir a animada música do Tanganica. A seu lado, contou, havia um camarada que lhe pedia muitas vezes que sintonizasse as notícias, interessado nos ventos nacionalistas que as ondas hertzianas traziam daquela região, um camarada que lhe repetia que um dia partiriam os dois para esse local distante a fim de experimentarem todo aquele entusiasmo (não esqueçamos que nesse ano turbulento o jovem país integrava a ilha de Zanzibar para formar a Tanzânia, e que a política era ali, como de resto em todos os territórios em volta, efervescente). Enfim, Celestino estava há escassos meses de regresso à Beira, contou, quando o mesmo camarada lhe surgiu na repartição onde trabalhava e lhe disse que tinham os dois que partir nesse mesmo dia pois corriam o sério risco de ser presos. Embora não se tivesse alongado em pormenores, tudo leva a crer que a mensagem que lhes chegava na rádio também chegasse à Pide, a polícia política, e que por essa razão o critério dela os tivesse elevado a outro patamar na escala que aquela polícia usava para classificar os *subversivos*. Seja como for, Celestino teve apenas tempo de passar em casa dos tios, a dar uma desculpa qualquer, e partiram os dois para o Dondo, nos arredores da cidade, onde, após algumas peripécias que incluíram pôr um rapaz do lugar a comprar-lhes os bilhetes para não levantarem suspeitas e outros pormenores que me pareceram sem relevância para o caso, embarcaram num comboio rumo a Tete.

Aquelas horas de viagem foram um martírio, disse, sempre à espera, toda a noite, que surgissem os homens da Pide para os prenderem. Ficou com cada apeadeiro gravado na memória, temendo, à aproximação deles, que ocorresse ali esse desfecho. Enumerou-os, um a um e na sequência certa, para o comprovar. Depois, à aproximação da Mutarara, aproveitaram o abrandar da composição numa curva e saltaram para o mato, prosseguindo a pé na direção que lhes parecia ser a da fronteira do Malaui. Caminharam durante algumas horas e, mais uma vez com a ajuda de crianças que encontraram no caminho, e a quem prometeram de presente alguma roupa que traziam, cruzaram a fronteira. Veio-lhes a confirmação disso mesmo quando depararam com outro tipo de casas, letreiros em inglês, enfim, um ar diferente nas pessoas e nas coisas. Em Nsanje, uma pequena localidade fronteiriça, apanharam novo comboio e no decorrer da viagem foram abordados por um passageiro que falou com eles em português e lhes ofereceu bananas. Avisado seria desconfiar, e num primeiro momento foi o que fizeram. Mas a inédita sensação de liberdade falou mais alto, associada à necessidade de encontrarem um meio de chegar ao destino a que se haviam proposto. Seguindo as indicações do homem, e depois de passarem por peripécias menores com as quais não achou valer a pena perdermos tempo, chegaram finalmente a Chileka, nos arredores de Blantyre, e à casa de Chico Lourenço, mais conhecido por Chico Sena, um alfaiate que era ao mesmo tempo o representante da Frelimo naquela região.

Apesar da grande desconfiança que reinava na precária estrutura montada por Chico Sena, devida às permanentes artimanhas dos agentes que a polícia portuguesa punha ali em campo, Celestino foi calorosamente recebido e cedo passava a ser tratado como um importante reforço. Era um homem persuasivo, educado, nada nele levava a pensar em ardis ou segundas intenções. Havia servido nas forças armadas, movimentava-se bem no espaço colonial, seria de grande valia.

Um mês mais tarde está já a viajar para Lusaka a fim de receber instruções, e logo em seguida figura como responsável pelas ações da Frelimo em toda a linha de fronteira que vai da Angónia até à Mutarara, com centro na vila fronteiriça do Zóbuè. Ao mesmo tempo era modesto, e nas nossas conversas nunca se vangloriou nem pareceu dar importância à sua rápida ascensão no aparelho nacionalista daquela região. Mostrou antes ter tido grande empenho naquilo que fazia, para cuja eficácia deve ter ajudado a sua predisposição para viajar, entretanto despertada, e que deverá ter constituído um sério quebra-cabeças para aqueles que o procuravam, com o Chefe do Posto Virgílio Martins de Oliveira à cabeça. Sim, toda esta história se desenrola com um Celestino em permanente movimento e um Chefe Oliveira sempre à espreita e aguardando pela altura certa para o apanhar. Quando reportavam que o nosso homem estava em Mwanza, ele já estava de fato na Angónia, cruzada a fronteira, e se o davam ali é porque já passara por Caldas Xavier ou regressara ao Malaui, tudo nomes que figuravam inequívocos no meu mapa. O ar tranquilo e ao mesmo tempo *integrado*, se se pode usar este termo, deve ter ajudado à sua ousada circulação por estes lugares e, mesmo, por Moatize ou pela cidade de Tete sem ser interpelado pelas autoridades. Nos nossos encontros falamos muito sobre este aspecto, que sobremaneira lhe agradava e me ajudava a mim a conquistar alguma da tão necessária confiança. Intuitivamente, na construção da sua rede ele evitava os elementos estáticos e valorizava tudo o que respeitava ao movimento, se é que me faço entender. Explico-me melhor. Na altura, os manuais da guerrilha preconizavam todos o movimento permanente e a procura dos apoios do povo das aldeias como forma de garantir uma presença sólida e segura no território. O movimento transformava os guerrilheiros em sombras difíceis de detectar. Quanto ao apoio popular, além de fornecer gente para os contingentes resolvia muitos problemas logísticos, garantindo o fornecimento de alimentação e fornecendo braços para transportar equipamentos, por exemplo.

Esses princípios faziam sentido, por maioria de razão, nesta área do Zóbuè, onde grande parte dos camponeses resistia à cultura forçada do algodão que a autoridade colonial lhes impunha, e onde muitos chefes locais, com a sua relutância muda, deixavam transparecer aquilo que a polícia considerava como tendências subversivas (em uma das notas dizia-se que *os cultivadores de algodão abandonam as suas culturas deixando de proceder à colheita de tal produto. Tal procedimento, não só atentatório da economia própria, como até da economia nacional, poderia no momento que se atravessa ser considerado como acto de rebeldia, quiçá instigado por elementos subversivos, que urge evitar...*). Um mundo rural, pois, em silenciosa excitação, e que parecia pronto a acolher os ventos da mudança.

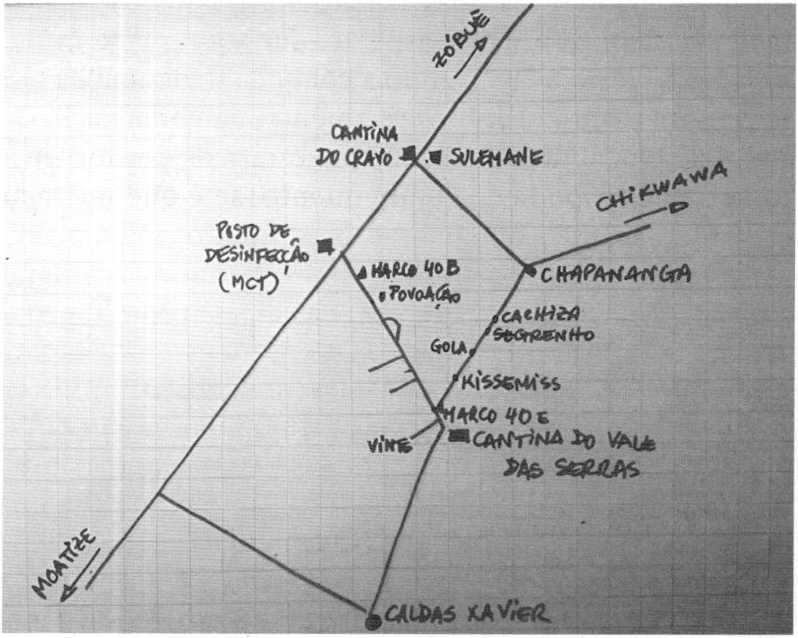

Todavia, apesar deste apego ao movimento, ou talvez por causa dele, em Celestino, homem de cariz urbano, o interesse pareceu desde cedo transferir-se das aldeias para os pequenos funcionários e os caminhoneiros que percorriam a movimentada estrada que, vinda do Malaui, cruzava o Zóbuè e se dirigia a Moatize, a Tete e à Rodésia. Dizia que era mais *leve* assim desta maneira, sem as grandes assembleias camponesas que, embora cheias de gente interessada, estavam também polvilhadas de olhos e ouvidos indiscretos. Preferia os caminhoneiros para se deslocar, aproveitava as cantinas de beira de estrada onde eles paravam a descansar, estava sempre em movimento e escondia-se nas sombras que as coisas criavam. Dizia com certa graça que as ideias chegavam mais longe de carro do que a pé. No fundo, era já um homem moderno, achava que a gente letrada estava em melhor posição para o ajudar. Fora de resto por estas razões que os seus passos o haviam conduzido à cantina do Selemane e ao contato com o *Informador*.

Quanto a mim, embora prosseguisse com a tentativa de interpretação do espaço rural, procedendo ao levantamento das pequenas aldeias e dos seus chefes, daquilo que eram e do que poderiam vir a ser, comecei a perceber que daquele mundo também faziam parte os motoristas que dirigiam caminhões e os seus ajudantes e mecânicos, assim como os que montavam pequenos bares e lojecas de beira da estrada, enfim, gente que levava a cabo pequenos negócios. Ou seja, fui aprendendo com ele a percorrer estes caminhos intricados e a abrir os olhos a pormenores surpreendentes. Traçava novos esquemas, paralelos, com as informações que ia recebendo.

* * *

Sim, longe dali, já o disse, e num outro tempo, também eu prosseguia a minha caminhada em busca de nomes de lugares que preenchessem os espaços vazios do grande mapa, um mundo rural de aldeias acossadas pelas incursões inquisidoras e punitivas dos investigadores da polícia, aldeias que se contorciam para escapar à curiosa obsessão das autoridades com o cultivo obrigatório e universal do algodão, enfim, aldeias divididas entre o temor que os velhos tinham do incerto e a fogosidade de jovens enérgicos e atentos à mudança que ocorria do outro lado da fronteira. Sim, antes dos meus encontros com o Celestino, e muito longe do local onde estes ocorreram, também eu viajava incessantemente pela região percorrendo folhas e folhas de papel que falavam desse mundo rural em polvorosa. Em cima de uma mesa de tampo largo e nua ia abrindo caixa após caixa à medida que o funcionário do arquivo partia e regressava arrastando os pés para as depositar na minha frente. Grande parte dessas caixas tinha um conteúdo decepcionante, quando não de descaminho, palavras vãs, não mais que a tinta das reproduções a *stencil*, das fitas de antigas máquinas de escrever ou do papel químico das cópias, que me manchava os dedos sem a contrapartida de um mínimo proveito. Cansado, esfregava os olhos com as mãos sujas daquela tinta antiga e a vista ardia-me e toldava-se de um vermelho carregado que tingia por sua vez a paisagem, como se tudo estivesse a ponto de pegar fogo. Mas houve vezes em que deparei com caras novas, novos conhecimentos e possibilidades promissoras, veios por explorar. Enfim, rumores que circulavam, informações pertinentes, a revelação de estratégias e artimanhas, a descrição de cantinas de refresco onde se interrompia o curso das viagens para que surdas transações pudessem ter lugar. Enchia-me então de entusiasmo, urgia o pobre funcionário, exigia que me alimentasse sem demora enquanto entrelaçava os dedos das mãos uns nos outros e os fazia estalar. Previa o festim.

Foi esse o caso de uma das caixas onde surgiu a cantina do Selemane e, dentro dela, pela primeira vez, o nome do Celestino de Sousa. O caso do primeiro encontro entre ele e o *Informador*, relatado na nota do Chefe Oliveira já referida, escrita pelo seu próprio punho num pedaço de papel assim que o *Informador* partiu, e passada à máquina na manhã seguinte, 3 de março, uma quarta-feira, dia em que foi expedida e chegou às mãos do Administrador do Concelho Mário Ferreira Gonçalves, em Moatize, que de imediato a fez seguir para o Governador do Distrito João Cecílio Gonçalves[1], e que através dos tempos e por intricadas vias fez o seu caminho até à caixa de arquivo que as mãos do vagaroso funcionário haviam depositado na mesa à minha frente. E a partir desse dia fui seguindo o Celestino com crescente interesse. Umas vezes perdia-o de vista durante uns dias, se regressava ao Malaui ou calcorreava paragens que escapavam ao conhecimento do *Informador* e, portanto, não acabavam descritas em papel pelo Administrador Oliveira. Quanto ao *Informador* ele próprio, e por paradoxal que pareça tendo em conta o caráter furtivo da sua atividade, era-me mais fácil segui-lo uma vez que por princípio dava conta ao chefe de todos os seus atos e movimentações, que seguiam assim na forma de notas, telegramas e ofícios pelos canais já descritos até desembocar na mesa de tampo largo à minha frente. Felizmente que os dois acabavam sempre por se

1 Gonçalves e Gonçalves, curiosa coincidência de apelidos que durante um tempo me levou a fantasiar, imaginando que além de unidos pelo serviço administrativo seriam uma espécie de irmãos. Sim, se não na realidade do sangue, pelo menos no lugar concreto que ocupavam nesse vasto mundo que era a administração colonial.

encontrar, o Celestino chegando de uma longa viagem a pé ou à boleia de um caminhão, o *Informador* à espera dele na Cantina do Selemane, a favorita, onde em voz baixa o meu futuro interlocutor anunciava planos, fazia promessas e sugeria cursos de ação, e o *Informador* escutava atentamente para mais tarde poder cumprir a sua função junto do Chefe Oliveira.

Desta maneira, e aos poucos, aqueles encontros foram definindo uma rede clandestina composta de duas metades: a primeira feita de fragmentos, ou melhor, de reinvenções do Chefe Oliveira ele próprio, dispersas pelos cartões de membro da Frelimo, todas elas com nomes supostamente vulgares (uma investigação atenta diria, talvez, *demasiadamente* vulgares), e a segunda feita de gente real que o Celestino ia encontrando aqui e ali sem a ajuda do *Informador*, gente com contornos esquivos como sombras que o *Informador* e o seu chefe ansiavam por conhecer, e que aos poucos também eu fui aprendendo a imaginar, e depois a seguir e a interpretar, mas que nesse dia lamentavelmente me ficou desconhecida uma vez que, inexperiente ainda, optei por seguir o *Informador* e fui dar a casa do Chefe Oliveira, descurando o regresso do Celestino à obscuridade, junto dos outros.

* * *

Que outros?

Sim, por isso me era tão importante que ele dissesse, quando o encontrei, muito tempo entretanto decorrido, o que havia feito ele nesse dia depois que o *Informador* partira, e que eu sabia, sem lho dizer, que fora levar os papéis ao Chefe Oliveira.

Celestino olhou o papel que eu tinha nas mãos, ainda desconfiado, e repetiu:

— *Esses assuntos são sempre complicados.*

Ri-me, para desanuviar. Achava que, de tão intensamente ter vivido essas relações clandestinas, elas perduravam dentro dele como um segredo. Havia que lhe fazer ver que eram agora motivo de orgulho e de glória, não de preocupação e de segredo. Na minha ingenuidade, achava que as relações entre as pessoas evoluíam como o resto, desconhecia os mistérios que elas comportam, como seguem caminhos próprios não necessariamente inscritos no tempo ou numa lógica de previsibilidades. Há ódios ou amizades que cristalizam e não evoluem, malgrado a passagem do tempo e o que se espera desses laços, sejam eles quais forem.

Enfim, tergiverso. Lá acabou por contar que nesse dia deixou a cantina do Selemane para ir ter com o Mateus Cerejo, o Augusto Isaías do Vale ou o Fernando Lopes, já não sabia bem qual dos três (fora há tanto tempo!). Conhecia-os desde o ano anterior, Cerejo era um velho nacionalista, crescera no ambiente militante de Moatize; Fernando Lopes, por sua vez, um caminhoneiro entusiasmado com os ventos que sopravam do Malaui; quanto ao do Vale, já não sabia bem de que se ocuparia ele. Mas os três eram seguros, confiáveis. Através deles recrutou outra gente, disse (e eu, conhecedor dos documentos, estava em posição de confirmá-lo).

Sim, também eram meus velhos conhecidos, há muito que lhes seguia o rastro. Perguntei-lhe então por que motivo arriscava tanto na cantina do Selemane se contava já com o apoio daqueles três (foi o mais longe que consegui ir nessa direção; pretendia com isso, sem o dizer expressamente, que o relato nos levasse para junto do *Informador*). Deu-me os seus motivos. Havia pressa em reforçar a rede local, as autoridades do Malaui acabavam de descobrir e desmantelar um esconderijo de armas perto de Mwanza, era preciso guardar aquelas que chegavam num novo local, de preferência do lado de cá da fronteira, onde decorreria a ação. Quanto mais gente houvesse a procurar a solução, melhor. Seguia o princípio de *trabalhar* com alternativas a fim de que, sempre que se fechassem uns caminhos houvesse outros por onde avançar. E isso estava sempre a acontecer, os caminhos a fecharem-se.

* * *

Sim, quanto mais alternativas, melhor. Era também esse o entendimento do Chefe Oliveira e dos seus colegas dos postos vizinhos. Em Caldas Xavier, Isidoro de Sousa Fonseca tinha o seu grupo de informadores: Capece Escova nas povoações da fronteira, Vicente Solias no Vale das Serras e no Monte Salambídua, Minez Chimualira aqui e ali, ao longo da fronteira etc., etc. Mais adiante, na Mutarara, o Administrador Alberto dos Santos Veloso tinha, entre outros, o Manuel da Fonseca Antunes, dono de uma moagem onde ia o povo inteiro da Cateme moer os seus grãos e dizer mais do que devia. Enfim, cada administrador pastoreava o seu pequeno rebanho de informadores, cada um destes procurando a erva mais tenra que mastigar para depois vir regurgitá-la aos ouvidos atentos. Mas nenhum deles foi tão longe quanto o Chefe Oliveira, do Posto do Zóbuè, nesta ambição de tudo querer saber, criando como sabemos o seu pequeno grupo de informadores-militantes de papel, fato que veio a alarmar sobremaneira o chefe da Subdelegação da Pide de Tete Virgílio António Ferreira Freitas de Oliveira[2], que soube do capricho através do chefe da repartição da Administração Civil Edgar Adriano Nazi Pereira e viu ali uma inquietante multiplicação de inimigos. Na verdade, tanto Nazi Pereira como o pide Oliveira não souberam logo da artimanha, mas apenas do seu fruto, confundindo os militantes de papel do Chefe Oliveira com os invasores reais das hostes do Celestino, armados e fardados, chegados do Malaui para iniciar a guerra da independência, e por isso o Chefe da Subdelegação Oliveira despachou para a zona o Chefe de Brigada José Maria Guerreiro Teixeira que, após um par de dias esfalfando-se para cima e para baixo ao longo da estrada do Zóbuè no seu velho Austin, com ocasionais paragens para se refrescar na cantina do Cravo ou na cantina do Selemane, quase em frente (onde aliás pode muito bem ter-se cruzado com o próprio Celestino e com o *Informador*, o primeiro ouvindo e o segundo dando notícia das atividades do grupo fictício do Chefe Oliveira, que assim ia adquirindo uma espécie

---

2 Esta curiosa coincidência de nomes do Chefe da Pide e do Chefe do Posto do Zóbuè — ambos Virgílio e ambos Oliveira — começou por me confundir. Na altura via nela uma confirmação do caso dos Gonçalves, referido em nota anterior; só depois percebi ali um sinal da intimidade que existe sempre entre dois verdadeiros opositores, levando as coisas até ao extremo da luta pelo mesmo nome.

de existência real), após essa esfalfante atividade, dizia, acabou ao fim desse par de dias em casa do Chefe do Posto que tinha o mesmo nome que o seu próprio chefe.

Lendo os documentos espalhados na mesa de tampo largo e procurando deslindar o episódio, assisto à chegada de Guerreiro Teixeira a casa do Chefe Oliveira, era já tarde, quase se cruzando com o *Informador* que partia depois de ter vindo dar conta das últimas andanças do Celestino; vejo-o a sentar-se à varanda, a limpar com o lenço o suor da testa e a bebericar o uísque que o Chefe Oliveira lhe serviu para o compensar de não lhe oferecer o resto, ou seja, a origem verdadeira dos seus militantes de papel, que permanecerão ciosamente guardados na gaveta, mantidos em segredo. O Chefe Oliveira tem as suas razões, de resto bem fortes: sabe que, à mínima pista, Guerreiro Teixeira atirar-se-ia a eles como um cão raivoso, desfazendo com a sua mandíbula aquilo que levara tanto tempo e esforço a construir. Não, Oliveira não o permitirá.

Tal como permanecerá em segredo o nome de quem tomava conta desse rebanho, o *Informador* ele próprio, que nos arquivos figurará sempre com esta designação — *o meu Informador* — e nunca com o seu nome verdadeiro. Como se também ele não passasse de mais um heterônimo de Oliveira, sugado do mundo real para esse universo de papel.

* * *

Esta história — quer nos documentos que a suportavam, quer na voz cava e arrastada do Celestino de Sousa — esta história, dizia, ficava quase sempre a ecoar-me na consciência depois que me afastava dela. Por vezes aconteceu-me mesmo divagar em pleno dia, traçar os quadros mais absurdos. Certa vez, foi Oliveira, o Chefe do Posto, que, depois de despedir o *Informador* no final de uma das habituais sessões noturnas, entrou em casa e deixou-se ficar pela sala, pensativo, até todos terem ido dormir e as luzes se apagarem. Era noite de lua cheia, os seus gestos eram quase tão visíveis como em dia claro. Tirou uma pequena chave do bolso, abriu a gaveta da secretária e pegou num cartão ao acaso. Leu o nome (não interessa saber agora qual das suas invenções seria), e sorriu, como se lhe agradasse ter calhado aquele. Levantou-se, abriu o guarda-roupas, que na divagação estava encostado a uma das paredes da sala, e vestiu-se de maneira adequada, umas calças de *terylene* já muito gastas, camisa de casca de ovo vulgar e, até um chapéu cor de mostarda (não que isto fosse importante, mas para revelar até que ponto me acontecia ir). Esfregou depois as faces com pó de carvão para as escurecer, enfiou na cabeça o tal chapéu, abriu a porta e penetrou na noite para levar a cabo a sua tarefa. Apesar de toda aquela luz azulada, o arvoredo impediu-me de assistir aos passos seguintes. Regressou passadas umas horas com a respiração alterada, fato que me lembro de ter atribuído ao esforço da caminhada. Sim, porque em nada mais conseguia colher indícios daquilo que o Chefe do Posto havia feito por interposta figura, nem sangue nas mãos, nem o brilho de uma lâmina ou do cano de uma pistola, nada. Passados uns minutos, recobrado o fôlego e bebida uma dose de uísque de um trago, Oliveira voltava a abrir a gaveta e a retirar novo cartão. Lia o nome, trocava de roupa consoante aquilo a que este o obrigava (um camponês e um motorista vestiam-se de maneiras diferentes, presumia ele não sem certa razão), e voltava a sair para nova missão. Novo desaparecimento no arvoredo negro. Desta vez sem o chapéu, mas envergando uns calções largos de cáqui e levando a tiracolo uma velha Snyder dos sipaios, embora em nenhum momento, enquanto esteve fora, se tivesse ouvido o estampido de um tiro. Regressou e tudo se repetiu: um cartão tirado da gaveta, novo disfarce, nova saída por algumas horas. Era como se a noite fosse eterna, como se as horas permanecessem intactas depois de se escoarem, como se o tempo não avançasse. Ele, não eu, porque em certo momento devo ter sucumbido ao cansaço e, quando dei por mim, estremunhado, já a manhã despontava e Oliveira ressonava copiosamente na poltrona de braços de madeira, envergando ainda um último disfarce enxovalhado. A noite havia sido produtiva, o seu pequeno exército havia mantido ao largo as hostes do Celestino.

Quanto a este último, talvez por me interessarem as suas ações reais mais que as fantasias, nunca tive a sorte de sonhar com os artifícios a que recorria para escapar às secretas hostes do Chefe do Posto.

* * *

Enquanto bebericava o seu uísque, o pide Guerreiro Teixeira sentia que qualquer coisa não estava bem. Agradecia, sorria, fingia partilhar pequenas pistas, mas por dentro desconfiava do Chefe Oliveira na mesma medida em que ele próprio era objeto da desconfiança deste. E esta surda hostilidade, que nos tempos seguintes continuaria a crescer entre os dois até atingir níveis quase irreparáveis, tinha toda a razão de ser: os caminhos que Oliveira procurava abrir com os seus militantes de papel eram aqueles que o pide pretendia fechar a todo o custo. Um pide que se prezasse não acrescentava ao mundo novos enredos, esfacelava antes aqueles que existiam.

Mas Oliveira, como sabemos, era também um jogador de xadrez com peças do mundo real. Sagaz, sabia que Guerreiro Teixeira, sentindo o cheiro do sangue e do medo, não mais largaria o lugar. Por isso avançou com uma jogada de mestre, aparentemente desligada do cerne do conflito, mas que viria a ter grandes repercussões no curso dos acontecimentos: instruiu o *Informador* para que dissesse sem demora a Celestino que conseguira um emprego na Administração do Posto. Sim, ordenou ao *Informador* que revelasse a Celestino a sua verdadeira identidade (um artifício que, saberemos em breve, se destinava a, revelando-a, esconder melhor a natureza dessa mesma identidade). Era arriscado, sem dúvida, podia até ser que com isso deitasse tudo a perder. Ah, mas se as coisas funcionassem como ele pensava, o Chefe Oliveira, além de continuar a ter acesso a informações preciosas, tornava-se capaz de poder fomentar no Celestino e nos demais, por meio do *Informador*, toda a sorte de ilusões.

Quanto a mim, senti-me tentado a perguntar ao meu interlocutor se não desconfiara da jogada. Mas ainda não era o momento.

Enfim, ante a revelação de que o *Informador* conseguira este emprego, Celestino terá sentido um calafrio; terá pensado no risco que correra desde o início ao confiar nele assim desta maneira. Mas foi uma sensação que a franqueza da revelação logo afastou. Além disso, havia o fato de até à data não ter sido preso, havia os novos militantes que, entretanto, o *Informador* havia conseguido recrutar, havia enfim a perspectiva das informações acerca do inimigo que o *Informador*, no novo posto, estaria capaz de recolher (e, de fato, um pouco mais tarde o *Informador* chegou a avisar o Celestino da prisão iminente do Fernando Lopes, embora, claro, sem a necessária antecipação para que este último se salvasse).

Entretanto — e este era o verdadeiro cerne da questão — além de valorizar o *Informador* aos olhos do Celestino, o Chefe Oliveira como que *oficializava* o seu homem, como que o salvaguardava da possibilidade de Guerreiro Teixeira o descobrir em conluio com o Celestino, nas suas andanças pelas cantinas, e de querer saber mais acerca dele. Com a ousada jogada, Oliveira dava ao pide a ilusão de que era o *Informador* quem trazia as notícias do terreno e não o contrário. Ou seja, Oliveira procurava ajustar o nó que protegia o seu mundo, resguardando-o das incursões destrutivas de Guerreiro Teixeira. E, no fundo, sabemo-lo nós, ao invés de se limitar a recolher notícias da realidade, o que o ambicioso pastor de heterônimos procurava era tornar os seus falsos militantes mais reais, espalhar cortinas de fumo, consolidar ilusões.

Mesmo assim o esforço de Guerreiro Teixeira não deixou de dar os seus frutos. Segundo o Celestino, em finais desse mesmo ano o Fernando Lopes e o Isaías do Vale eram presos e levados para Tete.

Compulsei os documentos para conferir: Fernando Lopes estava de fato preso em Tete, nesse mesmo ano e no seguinte (seria transferido para o sul e, nesse grande sorvedouro de gente que era a prisão da Machava, viria a desaparecer dos papéis e da realidade sem deixar rastro), estava preso, dizia, traído, segundo o Celestino, soube-se depois, por Zacarias Selemane, o dono da cantina, que três anos mais tarde, já sem máscara, figuraria como candidato do regime colonial nas eleições locais. Quanto ao Cerejo, era dado como em parte incerta.

* * *

E Celestino? Que fazia ele, entretanto? Como se movimentava agora nestes caminhos cheios de perigos?

Sorriu com amargura, e murmurou:

— *As coisas ficaram muito complicadas.*

Nesse ínterim, dois ou três pequenos grupos de guerrilheiros haviam chegado e partido, acossados pelos malauianos, por informadores dos vários chefes de posto, enfim, por Guerreiro Teixeira. Não havia meio de conseguirem estabelecer-se na região. Quanto a si, por onde andava Celestino sentia o cheiro do perigo e a sombra vaga da traição. Resolveu por isso dar-se uma pausa, abrandar o ritmo, procurar os tais caminhos alternativos (apesar de não temer o risco, sabemos da sua natureza de sobrevivente). Nas incessantes voltas que dava foi ter ao Seminário do Zóbuè, sobre o qual corria o rumor de ter um reitor, o padre Andre de Bels, que simpatizava com a causa independentista e apoiava a saída de jovens camponeses para o estrangeiro. Apresentou-se, recorrendo aos seus dotes de persuasão. De Bels manteve as evasivas quanto pôde, desconfiado de que aquele seria mais um dos enviados do untuoso Guerreiro Teixeira, que já por várias vezes o visitara com alusões sutis e veladas ameaças (do seu posto de observação, o pide via por sua vez um reitor em constante movimento, montado na sua motocicleta, e suspeitava de que havia ali algo mais do que uma mera propagação da fé). Enfim, de Bels afirmou polidamente desconhecer o amigo comum mencionado por Celestino, mas este último porfiou, entregou mesmo o jogo todo afirmando-se membro da Frelimo e andar fugido à Pide. Era uma espécie de tudo ou nada. E, felizmente, de Bels lá acabou por ir abrindo a guarda, concordando com novo encontro numa missão de Mwanza, do outro lado da fronteira, já em território do Malaui, onde se sentiria mais seguro, a salvo de surpresas desagradáveis. E desta feita as coisas correram melhor: estabeleceram entre eles que o padre continuaria a enviar alunos do Seminário e Celestino passava a recebê-los do lado malaviano. E assim foi surgindo mais outro pequeno grupo, o dos rapazes que de Bels, pastor de rebanhos a mais do que um título, ia mobilizando para saírem para o exterior.

Sim, as coisas correm bem durante um tempo, disse o meu interlocutor, embora fique instalada uma certa ambiguidade no que respeita a quem conduz o novo rebanho: Celestino ou de Bels? Talvez os dois, se tivermos em conta que, enquanto uns rapazes se juntavam às hostes nacionalistas, outros partiam para longe e para nunca mais voltar, buscando vidas definitivas em outros lugares.

Seja como for, depois da bonança regressa sempre a tempestade. Celestino, orgulhoso, menciona o caso dos novos recrutas ao *Informador* (sabemos que confia plenamente nele, mais a mais depois deste ter recrutado tantos *militantes*, quinze ao todo, e de se ter *infiltrado* na Administração), menciona o caso, dizia, e o *Informador* apressa-se a transmitir a notícia ao Chefe Oliveira, como lhe compete. E o Chefe Oliveira, no gesto de quem quer acalmar uma fera dando-lhe um osso para roer, oferece a novidade a Guerreiro Teixeira. Sim, deve ter sido este o raciocínio de Oliveira: se o pide queria tanto o padre, por que não fazer-lhe a vontade? Distraído com de Bels, Guerreiro Teixeira deixaria os seus informadores em paz durante um tempo. E foi quanto bastou. A Pide prende de Bels e envia-o para Tete, de onde é sumariamente enviado para Portugal.

Que o padre foi preso e que nunca mais ouviu falar nele, é tudo quanto o Celestino me consegue dizer na entrevista. Era, portanto, a minha vez de o ajudar; de, como referi, trazer de alguma maneira resposta pelo menos a uma das perguntas que, ouso pensar, lhe atormentariam o sono. Que acontecera ao padre? Contei.

Segundo os documentos, Guerreiro Teixeira levou de Bels para Tete, onde o pressionaram, mas devem tê-lo feito só até certo ponto, não ousariam ir até ao fim: além de padre, o que em si provocava um certo temor (trazia forças do além para a equação), de Bels era estrangeiro, e a diplomacia joga sempre um papel complexo e delicado. E, na verdade, tratava-se mesmo de um osso com pouca carne, aquele que o Chefe do Posto do Zóbuè atirara a Guerreiro Teixeira: de Bels reconheceu que ajudava os jovens a cruzar a fronteira, é certo, mas fazia-o apenas para que eles pudessem estudar no estrangeiro, com bolsas norte-americanas, uma versão mais tarde corroborada, por exemplo, por Ernesto Mujorra, um desses estudantes, que se estabeleceu definitivamente em Filadélfia e veio a tornar-se num microbiologista de certo relevo. E, sem ter como prosseguir, o chefe de Guerreiro Teixeira acabou por enviar o padre para Lisboa, onde ficou sob prisão durante cerca de um mês, após o que foi expulso de volta ao seu país, a Bélgica.

Compulsando as várias fontes foi-me relativamente fácil seguir o percurso de Andre de Bels a partir daqui. Viveu um tempo na Suíça, regressou a África, mais propriamente ao Congo (ele era belga, não o esqueçamos); depois, viajou para o Reino Unido, onde passou um tempo a aprender inglês, e por fim decidiu mudar-se para os Estados Unidos, ajudado por alguns dos seus antigos alunos ali radicados. Largou o sacerdócio, constituiu família e dedicou-se ao ensino de línguas numa escola secundária de Fort Lauderdale, uma ocupação da qual se reformou no ano de 1989. Foi isto que apurei e disse ao

Celestino para dar resposta a uma presumível curiosidade sua relativamente ao antigo colaborador.

E, na verdade, não podia ter dito mais porque, na altura do nosso encontro, que ocorreu pouco depois daquela data, nada mais acontecera de relevância na vida do padre. Todavia, acontece frequentemente que as vidas, parecendo consumadas, ganham de repente um novo fôlego. Na verdade, muito mais tarde chegou ao meu conhecimento que de Bels, depois de reformado do ensino, construiu uma nova e bem-sucedida carreira de consultor fiscal, da qual se viria a reformar em 2006, e que morreu em 2018, em Baltimore (terá andado mais um pouco, portanto). Fatos de que Celestino não chegou a ter conhecimento por, entretanto, ter ele próprio falecido.

* * *

— *Sofríamos muito, não tínhamos nada.*

Celestino contou que, por mais insignificantes que fossem, as constantes deslocações e outras exigências operacionais não deixavam de reclamar os seus custos. Apanhava boleias, davam-lhe de comer aqui e ali, dormia onde calhava, mas havia sempre pequenas despesas a ter em conta. E, sobretudo, era necessário angariar fundos para a organização. Dado que esses fundos provinham da colaboração dos militantes e simpatizantes da causa, o problema, pelo menos em parte, acabava forçosamente à porta do Chefe Oliveira. Não é difícil adivinhar como isso sucedia. Uma vez por mês, ou a espaços regulares que tendiam a ser mais curtos se a necessidade apertava, Celestino mencionava estas carências e dificuldades ao *Informador*, à mesa do bar do Selemane, de um certo modo que o *Informador* interpretava como um silencioso apelo, um mudo pedido de ajuda. E, ciente dos seus deveres, o *Informador* transportava esse pedido para o lusco-fusco do quintal do Chefe Oliveira, revestindo-o de pormenores que o justificavam: o Celestino estava num grande aperto financeiro, o Celestino pedia o encontro com os militantes do Chefe do Posto que há muito vinha sendo adiado, seguro de que os convenceria a contribuir com maior celeridade, o Celestino isto e o Celestino aquilo. Oliveira ouvia, resistia quanto podia, mas o desfecho era sempre o mesmo: acabava por ter de levar a mão ao bolso e dar ao *Informador* o dinheiro necessário. Por isso, enquanto manifestava a costumeira irritação, acusando o Celestino de ser um *pedinchão*, Oliveira tentou de tudo através de cartas confidenciais dirigidas ao Administrador de Moatize e entregues por mão própria, umas lamurientas, outras quase impondo prazos intransponíveis, linhas vermelhas, anunciando rompimentos e catástrofes, prometendo coisas impossíveis. Mas o resultado permanecia o mesmo: o Administrador Gonçalves não tinha como dar-lhe o dinheiro por não haver, no orçamento do Concelho, rubrica que cobrisse tão invulgar operação. O mais que podia fazer, e fê-lo de resto algumas vezes, era contribuir ele próprio com uma pequena quantia alegadamente do seu próprio bolso. Contribuição que Oliveira encarava não como o empenho de quem colaborava numa estratégia, mas como o distanciamento de quem dava uma esmola. Humilhado e revoltado, e no intuito de diminuir os custos, Oliveira chegou mesmo a dar baixa de alguns militantes do seu contingente imaginário, instruindo o *Informador* para que dissesse ao Celestino terem sido presos e transferidos para a Machava, no sul, de onde se conclui que, se houve militantes que desapareceram ali sem deixar rastro, sem que o fato ficasse refletido nos papéis da burocracia administrativa e policial, houve outros, em contrapartida, que figuraram no papel como prisioneiros sem qualquer correspondência com a realidade. Além disso, esta era uma solução de certo modo contraproducente uma vez que em resultado do desaparecimento daqueles militantes a pressão conjugada do Celestino e do *Informador* (sempre o primeiro sobre o segundo, e o segundo sobre Oliveira), essa pressão, dizia, forçou o Chefe do Posto a elevar a contribuição dos militantes que sobravam de modo a que o montante geral das cotas não ficasse muito afetado. E, lá está, o Celestino não deixava de instar o *Informador* a recrutar mais, sempre mais militantes para a causa.

* * *

Olho o homem cansado que tenho na frente. Celestino mostra-se desgastado pela idade e pelos obstáculos que a vida lhe foi criando no percurso (penso ter já mencionado a doença que lhe afetava os pulmões). Não me refiro só a esses tempos difíceis em que revelou uma energia e uma dedicação ambas fora do comum, mas a tempos mais recentes, posteriores à independência, em que foi acusado de certas ilegalidades no local onde trabalhava, um episódio de contornos pouco claros que levou ao seu despedimento e talvez a mais que não consegui apurar.

Claro que nada lhe pergunto a respeito, os fatos recentes parecem tê-lo tornado assustadiço, não pretendo ir nessa direção. Mas não posso deixar de pensar nesta sua segunda vida e nas questões que ela levanta. O que fazer quando um herói não termina a sua história quando deve terminar — tal como de Bels, que se reinventou como consultor fiscal ou coisa que o valha — que fazer, dizia, quando ele decide prosseguir transfigurado em homem comum? Mas, resistindo como disse à tentação, afasto prudentemente a conversa destes terrenos, apesar da sua pertinência. Decido antes dar-lhe qualquer coisa em troca que lhe desperte a curiosidade e espevite o ânimo. Quero-o de volta, interessado, curioso e com a memória intacta. É, portanto, a minha vez de contar.

A saída do padre Andre de Bels esteve longe de resolver as coisas. Guerreiro Teixeira, insatisfeito, não tardaria a regressar ao Zóbuè, disposto a retomar a caçada. Por sua vez, o Chefe do Posto dava sinais de desgaste face à pressão a que era submetido. O conflito entre os dois, embora surdo (Oliveira retirava a Guerreiro Teixeira todo o apoio logístico e este, em contrapartida, aproveitava todos os pretextos para importunar o pessoal da Administração do Posto), o conflito entre os dois, dizia, podia a qualquer momento fazer descarrilar as coisas. Entretanto, ambos escreviam cartas, notas e ofícios às respectivas chefias. Chegou-se a um ponto em que tanto o Chefe da Subdelegação da Pide como o Administrador de Moatize, alarmados, pediram a intervenção do Governador.

Enquanto eu digo estas coisas, Celestino sorri, sonhador. A instabilidade nas hostes do inimigo, de que ouve falar agora de certa forma como uma novidade, embora nessa altura talvez já dela suspeitasse, apesar de indireta e muito atrasada no tempo, constitui uma espécie de prova da eficácia das suas ações. Sim, sorri. Afinal, o trabalho todo a que se deu, os riscos que correu, acabaram de algum modo por trazer os seus resultados. De algum modo ele contribuiu para a vitória.

* * *

João Cecílio Gonçalves, o Governador de Tete, deslocou-se ao Zóbuè acompanhado por uma delegação de altos dignitários do então Distrito. Apesar da fama de conciliador, era evidente que vinha disposto a resolver o problema de uma vez por todas; como se costuma dizer, a acabar com as pontas soltas. Pôr tudo em pratos limpos. Calçava as botas de cano alto da cavalaria e trazia na mão o pingalim. Infelizmente os documentos dizem pouco sobre o assunto, talvez pela sensibilidade de que ele se revestia ou então porque estando todos juntos os intervenientes não necessitassem de escrever cartas e ofícios uns aos outros. Chegara a altura de dizer o que tinham a dizer de viva voz, cara a cara.

Por outro lado, também o Celestino pouco me podia dizer sobre a visita, o que se compreende: por aqueles dias o reforço das medidas de segurança a ela associadas deve ter posto ao largo todos aqueles que as autoridades designavam como *elementos subversivos*. Apesar de tudo, é possível presumir certas coisas com algum grau de certeza; por exemplo, que a visita terá posto a vila em polvorosa, ou que o Governador, homem de bom-senso, terá ouvido ambas as partes e acomodado os respectivos interesses, inclinando-se para as soluções que lhe pareciam mais justas ou eficazes.

Sopesando os fatos, a agressividade de Guerreiro Teixeira não tinha como passar despercebida: o agente irrompera ali questionando tudo e todos, não se coibindo de prender gente a torto e a direito. Nas palavras do Chefe Oliveira, *espantava a caça*. Prudente, o Governador procurou contemporizar, evitando hostilizar o agente da Pide. Deteve-se num grande preâmbulo sobre os sucessos de Guerreiro Teixeira apesar da quezília, e de como os nacionalistas estavam a entrar em crise profunda naquela fronteira. Mas, por outro lado, disse, multiplicavam-se dados inquietantes sobre a presença de guerrilheiros mais a oeste, na Marávia e no Zumbo e, portanto, era para ali que os esforços de perseguição ao inimigo deviam ser direcionados. Em consequência, depois de alguma discussão ficou decidido que Guerreiro Teixeira iria pôr à prova a eficácia das suas intervenções mais para oeste, o que o pide aceitou com um esgar contrafeito, que incorporava em igual medida o sabor amargo do afastamento e o orgulho de ter recebido um elogio público e direto do Governador.

Mas esta saída de cena de Guerreiro Teixeira não significava por si só uma vitória clara do Chefe Oliveira. A deriva deste último surgia confusa e excessiva aos olhos dos presentes e, algo despeitado com o afastamento do seu subordinado, Freitas de Oliveira, o Chefe da Subdelegação da Pide, não deixou de explorar a oportunidade de atingir o seu homônimo. Segundo ele, no início a ideia do Chefe do Posto até tinha sido boa, a multiplicação de falsos aderentes como forma de levar o Celestino a construir uma relação de confiança com o *Informador*. Era uma ideia com pelo menos o potencial de desarticular a rede nacionalista, ferindo-a gravemente antes que se transformasse em ameaça irreparável. Estavam mesmo à vista alguns resultados, de resto reconhecidos por todos. Todavia, o problema é que o Chefe do Posto, mesmo pondo de lado o grave erro de não ter informado os seus colegas, não soubera quando era o momento de parar. Embalado pelos resultados conseguidos, julgou-se o centro do mundo, e só o fato de não lhe terem disponibilizado os recursos para a contribuição das cotas o impediu de contratar (uma maneira de dizer) mais *militantes* para a rede. Se não tivesse sido travado, ironizou Freitas de Oliveira, o Chefe Oliveira acabaria por recrutar para os nacionalistas mais gente do que a que havia no seu Posto. Sim, era desta soberba que o pide Oliveira acusava o Chefe Oliveira, e os restantes, entre sorrisos mais ou menos disfarçados, não puderam deixar de lhe dar razão.

Entretanto, a dado ponto da discussão resolveu-se mesmo convocar o *Informador* a fim de testemunhar da eficácia ou não da estratégia posta em prática pelo Chefe Oliveira. É plausível que o *Informador* tenha ficado surpreendido com o fato de as altas chefias se disporem a ouvi-lo. Mas, sempre pedindo desculpa e licença, ele trazia a lição bem estudada. Explicou quanto os militantes do Chefe Oliveira o tinham ajudado a conquistar a confiança de Celestino, e neste ponto Oliveira terá inspirado fundo, orgulhoso, como se tivesse sido ele próprio, através dos falsos nomes, a sair pelos matos fora a descobrir os segredos que estes guardavam. Encorajou mesmo o *Informador* a esmiuçar um ou outro detalhe que comprovavam a eficácia do ardil. Não se importou, até, quando o *Informador*, algo perdido nos meandros da complexa explicação, levantou a eterna questão dos fundos necessários para o pagamento das cotas, quase levando a cabo, naquela sala, uma acalorada defesa do Celestino e das suas necessidades, quase pedindo aos presentes que também eles contribuíssem. Sim, concluiu Oliveira, reforçando: para se obterem resultados havia que investir.

Mas a assembleia ficou mais impressionada com o ar perturbado posto pelo Chefe Oliveira na defesa da sua causa do que propriamente com as necessidades da rede clandestina. E, por conseguinte, pode concluir-se que a reunião se saldou por uma não mais que pequena vitória para o Chefe do Posto, pequena por não ter recebido garantias claras de ajuda financeira, um pouco maior se tivermos em conta o fato de o pide Guerreiro Teixeira ter sido posto ao largo. Sim, a reunião terminava com o *Informador* a responder docilmente ao que perguntavam e o Chefe Oliveira, malgrado a sua curta vitória, a prometer emendar-se, isto é, a encontrar o caminho mais rápido para o desfecho da sua estratégia, caminho esse que passava necessariamente pela escolha judiciosa do momento da prisão do Celestino e dos seus colaboradores reais, e pela desmobilização dos famigerados heterônimos. Era urgente que o Chefe Oliveira se recompusesse e voltasse a ser um só. Desalentado e cabisbaixo, ele não teve como não aceitar o fato.

Sem o saber, Celestino ficou a partir desta altura a correr um grande risco.

* * *

Mas eis que o sentido das coisas, caprichoso, torna a mudar. Ou melhor, em vez de mudar na direção apontada, adensa-se, reforça e aprofunda o que trazia de trás, desafiando as deliberações da reunião e do próprio Governador, e isso, em certo sentido, constitui uma mudança. Para tal muito concorreu o já mencionado instinto de sobrevivência do Celestino, que nos momentos de maior aperto surgia do nada para resgatar do perigo este nosso herói. Na verdade, levou-o desta feita ao golpe de gênio, quiçá intuitivo de, no encontro seguinte, à porta do Sulemane, se ter virado para o *Informador* e lhe ter perguntado:

— *Não quer vir comigo a Dar-es-Salaam?*

Sim, sem mais nem menos, convidou o *Informador* a viajar com ele a Dar-es-Salaam, a sede do movimento nacionalista, a fim de o apresentar em carne e osso aos dirigentes máximos. Fê-lo precisamente nesta altura e dentro deste conjunto de circunstâncias. O *Informador* geria um bom grupo clandestino, disse, os dirigentes da Frelimo estavam muito contentes com o seu trabalho e queriam conhecê-lo.

Tentemos imaginar agora o que terá passado pela cabeça do *Informador*. Em primeiro lugar, o medo, claro. Ou melhor, os medos, no plural. Medo de que fosse uma armadilha montada pelo Celestino, medo de que o Chefe Oliveira acabasse por vir a suspeitar de traição e tomasse as devidas providências, e um terceiro medo, novo e inesperado, o medo de não corresponder ao que se esperava dele, uma sensação que, associada a uma crescente confiança, veio a produzir as suas consequências, como se vai ver. Sim, porque logo a seguir ao medo chegou-lhe a confiança, animado que estava pela importância que lhe havia sido dada na reunião com o Governador, onde tinha ficado à sua guarda, digamos assim, o esclarecimento da paisagem subversiva de toda aquela região. Ver os chefes da Pide, os administradores e o próprio Governador em suspenso, à espera de ouvir as notícias saídas da sua boca, deve ter inflacionado muito o ego do *Informador*. E, como se isso não bastasse, era agora *o outro lado*, por via do convite do Celestino, que se manifestava desejoso de o ouvir.

Sim, sem dúvida que o *Informador* se há de ter sentido no centro dos acontecimentos, e foi nesse estado de espírito que arriscou e foi ter com o Chefe Oliveira para lhe transmitir a notícia. Sempre no jardim deste último, claro, sempre a coberto da escuridão. E imagino também que a Oliveira não terá agradado o ar que o *Informador* trazia, que só não era abertamente de desafio porque havia, entre os dois, anos e anos de hierarquia bem estabelecida. Hão de ter tido um preâmbulo que não andou longe disto: o *Informador* pela primeira vez ousando defender um ponto de vista — o da viagem –, e Oliveira, impaciente, começando por não dar ao assunto a importância que ele merecia, alegando ter mais o que fazer, à espera que o subordinado acabasse de falar para o despedir e ir jantar. Mas, à medida que o *Informador* dizia o que tinha a dizer — e ele fazia-o com crescente veemência e convincente argumentação — o Chefe Oliveira foi seguindo com cada vez mais interesse a direção que as coisas tomavam, que lhe dava grandes ideias. Era uma nova paisagem que se abria. Já não se tratava apenas dos seus quinze (perdão, doze ou treze, que alguns haviam *tombado em combate*), já não se tratava apenas, dizia, dos soldadinhos de papel ciscando aqui e ali, nas aldeias, pequenas informações que conduzissem ao castigo de também pequenas figurinhas daquele mundo rural. Era mais do que isso, muito mais. Era como se, por intermédio do *Informador*, Oliveira estivesse ele próprio em vias de viajar até ao coração do inimigo; talvez imaginasse já as portas que se abriam, o reconhecimento das altas hierarquias quando regressasse em triunfo, promoções, transferências, o despeito dos que se haviam oposto ao seu projeto, e por aí fora (o pide Teixeira remoendo-se de inveja, lá nos confins para onde havia sido *despachado*). Ou seja, bem vistas as coisas, era a obsessão de Oliveira que regressava, renovada e fortalecida. Daí a passarem a discutir os pormenores da viagem foi apenas mais um passo.

E eis que nova mudança ocorre ainda no caprichoso sentido das coisas, quando, já assente entre os dois que ele partiria na viagem, o *Informador* referiu casualmente que necessitava de um fato.

— *Um fato?*

Sim, um fato completo de calças e casaco. Um fato de fazenda fina, que fizesse jus à solenidade do acontecimento. Porque não era todos os dias que alguém ia a um encontro com a hierarquia máxima do movimento, em Dar-es-Salaam. E o *Informador* não podia apresentar-se ali com a farda da Administração ou com uma roupa coçada e velha como era a sua. Sim, necessitava de um fato novo.

O Chefe Oliveira há de ter ficado um momento a olhar para ele, pasmado. Apesar do escuro do jardim, conseguimos imaginá-lo assim. Em seguida, presumo eu, é natural que tenha sentido um vago cansaço. Talvez tenha começado por dizer que a roupa não era assim tão importante, o que interessava eram as ideias, as ações, passe a ambiguidade da conclusão; depois, terá tentado engrossar a voz, procurando tirar partido da tal hierarquia antiga que existia entre os dois. Fazer-lhe ver quem mandava e decidia. Mas desta vez o *Informador* mostrou-se inamovível e Oliveira deu-se conta do absurdo que era, no caso, tentar forçá-lo com base em ameaças. Além disso, era obrigado a reconhecer a justeza da posição do seu subordinado. Havia que dar boa imagem de si face ao desconfiado inimigo, mostrar empenho, respeito e dedicação. De modo que se despediu prometendo resolver as coisas com a celeridade possível, e entrou para redigir uma nota dirigida ao Administrador de Moatize em que dava conta da necessidade de um reforço de verba para comprar um fato de fazenda fina para vestir o *Informador*.

Em Moatize, o Administrador Mário Gonçalves terá ficado alarmado. Não havia dúvidas que se tratava de uma recaída. Contrariando a promessa de emendar a mão, era mais que claro que o seu subalterno iniciava uma perigosa fuga para a frente. Oliveira estava doente, em pior estado do que ele pensava. E Gonçalves tratou de regressar apressadamente ao Zóbuè a fim de olhar o caso de perto e, se possível, tentar remediar as coisas.

Encontrou um Oliveira sereno, matutando ainda na maneira de tirar o melhor proveito da oportunidade que se abria. Nas impressões que trocaram à varanda da residência do Chefe do Posto, já com os canônicos uísques pelo meio e o sol nos últimos estertores, Gonçalves quase se deixava embarcar, já quase também ele se deleitava com as paisagens pintadas por Oliveira. Teve mesmo que sacudir a cabeça para expulsar as tentações. Não! Deixar embarcar o *Informador* numa última operação ainda vá lá, tendo em conta os resultados que daí podiam advir. Mas comprar-lhe um fato de fazenda fina para a viagem, isso é que não! Isso estava fora de qualquer cogitação! Ou seja, Gonçalves quase repetia, ao seu nível, o raciocínio de Oliveira. Uma última vez. E, dentro daquele princípio de que a corrente rebenta pelo elo mais fraco, decidiram os dois chamar o *Informador*: havia que pressioná-lo a aceitar a viagem sem os encargos inerentes. Ou seja, sem o fato.

O *Informador* veio, ouviu com todo o respeito, mas no final manteve-se inamovível: para haver viagem tinha de haver fato, e disse-o com uma certeza obstinada que desafiava os tais anos e anos de hierarquia estabelecida.

* * *

O *Informador*. Por esta altura dos fatos há muito que eu encarava o *Informador* com outros olhos. O raciocínio era simples: se até as figuras de papel do Chefe Virgílio Martins de Oliveira tinham nomes que as designavam, por que razão o *Informador* permanecia como uma sombra elusiva, incapturável? Várias vezes percorri os documentos e nunca encontrei um deslize, nunca encontrei uma distração que permitisse saber um pouco mais acerca deste segredo tão ciosamente guardado pelo Chefe do Posto.

Indivíduo X ou *Informador*, eram designações que iludiam um vazio persistente. O próprio Celestino, seguindo os meus passos, referia-se sempre a ele desta maneira (outro erro meu, o de aceitar desde o início estes rodeios entre nós sem levantar claramente a questão do nome do homem). E, no entanto, apesar de uma curiosidade que se ia adensando, não me atrevia ainda a interpelar diretamente o meu interlocutor a este respeito. Aprendera como o erro inicial da nota sobre as armas e a comida, ou seja, o erro que havia sido transitar entre o papel dos arquivos e a realidade das pessoas como se tudo fizesse parte do mesmo mundo. Algo me dizia que era necessário progredir agora com cuidado. Os papéis perturbavam sobremaneira o meu interlocutor e eu não podia, com um passo em falso, deitar tudo a perder. A haver um nome seria ele a colocá-lo em cima da mesa, por sua iniciativa.

E eis que, sempre surpreendente, Celestino responde aos meus anseios ao pronunciar, no calor do entusiasmo que a lembrança daqueles tempos suscitava nele, um nome de que eu nunca ouvira falar ali nem encontrara nos papéis, um nome que, digo-o já, não irei aqui revelar para não persistir no erro de confundir mundos diferentes. Celestino pronunciou esse nome com toda a naturalidade, como se fosse um nome designado com frequência desde o início da nossa conversa. Mas não, eu tinha a certeza de que não. Nunca ouvira antes aquele nome!

Caixas de documentos com resmas e resmas de ofícios e cartas contendo listas de nomes, nomes dos chamados subversivos como Cerejo, Chico Sena, Fernando Lopes, Fidélis de Sousa, Inácio Nunes, John Manteiga etc., etc., e também a gente do Chefe Oliveira, quer os que constavam nas listas de funcionários do Posto quer aqueles que se alinhavam disciplinadamente nos cartões escondidos na primeira gaveta do lado direito da sua secretária, todos eles desfilavam a meus olhos como velhos conhecidos. E, de repente, aquele nome vindo do nada, pronunciado por Celestino na sua voz cavernosa e tossicante, um nome que feria os ouvidos e provocava um sobressalto. E, logo depois, o surpreendente comentário:

— *Ele era o melhor de todos nós!*

Julgo ter dito antes que quando os dois se separaram à porta da cantina do Selemane, Celestino e o *Informador*, concluído que estava o primeiro encontro, me tinha sido mais fácil seguir o *Informador*. Pois bem, menti. Ou antes, disse apenas meia verdade, pois se era mais fácil seguir os passos deste último, o mesmo não pode dizer-se de lhe descobrir o nome, como acabo de revelar, um nome sempre ciosamente ocultado pelo Chefe Oliveira, que o queria só para si (nunca sequer transmitiu esse nome aos seus superiores, embora o tivesse trazido, muito mais tarde, à presença deles). O anonimato era como que a paga pelos serviços prestados, uma espécie de prudente garantia de impunidade face às voltas do destino. Garantia que se veio a revelar eficaz, a ajuizar por esta injusta aura de glória tecida pelo engano do Celestino, evidente quando repetiu:

— *Sim, ele era o melhor de todos nós!*

E no dia da independência, o dia zero, aquele que assinalava o início do futuro, o *Indivíduo X*, o *Informador*, emergiu por isso com os gestos limpos e inéditos de quem acabava de nascer. E, ainda eu não me refizera do golpe que era aquele nome desconhecido pronunciado assim abertamente e já o meu interlocutor desferia novo golpe, afirmando, num assomo de entusiasmo e sempre com a referida naturalidade, que o *Nomeado* (chamo-lhe agora assim, pois nesta altura ele já deixara de ser o *Informador*, nada informava, apenas calava velhos segredos), que o *Nomeado*, dizia, estava vivo e morava ali perto, em Moatize. Se eu estivesse de acordo iríamos visitá-lo no dia seguinte, no seu velho *Lada*. Ou seja, Celestino convidava-me a viajar como anos antes o convidara a ele a fazê-lo.

* * *

Seguiu-se uma noite agitada no quarto do Hotel Zambeze. Mil pequenos elementos conflituavam entre si para compor um quadro do dia seguinte que nunca deixava de ser motivo de preocupação. Viajarmos para Moatize parecia o desfecho mais natural. Encontraríamos aquele que no dizer de Celestino era um herói, e que eu, depois de *Indivíduo X* e de *Informador*, e mesmo de *Nomeado*, nunca deixara de designar para mim como o *Traidor*. Segundo o Celestino, passaríamos a manhã a esclarecer com ele tudo o que ainda fosse preciso ver esclarecido para eu poder regressar a casa com a história inteira. Confesso que a ideia me era tentadora: a presença do homem como que saído de uma das caixas de notas e ofícios para esclarecer finalmente o que precisávamos de ver esclarecido, a fim de encerrarmos esta história de uma vez por todas.

Mas, por outro lado, e penso tê-lo dito mais do que uma vez, a perspectiva de meter no mesmo saco o mundo real e o mundo dos papéis era, em si mesma, imprudente. Se Andre de Bels reinventara uma nova vida com uma família e outra profissão, se o Governador Cecílio Gonçalves se reinventara noutros cargos e paragens, se o próprio Celestino surgia falando daqueles tempos quase como se fosse outro que os tivesse vivido, por que razão não podia acontecer o mesmo com aquele homem, caso em que, depois dos nomes todos, talvez fosse mais ajustado chamar-lhe o *Renascido*? Até que ponto, neste contexto, fazia sentido o risco da nossa visita? Imaginava-o sentado no alpendre de sua casa, quem sabe se com um neto brincando a seus pés, interrogando-se sobre o que pretenderiam dele, tentando equilibrar-se perigosamente no muro alto que separa a glória do opróbrio. Sim, e se o Celestino já o tivesse avisado da nossa chegada iminente? Se ele tivesse também passado a noite em claro, convocando um passado incômodo que anos a fio ludibriara o esforço mental vão de o esquecer, de o apagar, e que agora retornava para o aviltar? Seríamos então nós os deuses justiceiros de uma lâmina há tanto tempo suspensa junto ao seu pescoço, apregoando uma justiça mais duradoura do que o tempo, mas que talvez não passasse de um mero pretexto para saciar a maldita vontade de saber. Sim, passei a noite deambulando por estes terrenos, por vezes concluindo que o melhor seria deixá-lo em paz, outras sentindo a tentação à espreita, disfarçada na solução de adiar para a visita a decisão de tomarmos ou não o seu destino em mãos.

No dia seguinte, após uma noite mal dormida, desci para desapontar o Celestino com a recusa da projetada viagem. Aleguei uma dor de cabeça que deveras tinha, e um temor das emboscadas numa estrada onde estas, embora esporádicas, ainda por vezes se faziam sentir, dando sinal de uma guerra mal concluída. No fundo, era como se quisesse manter o meu mapa de aldeias imaginárias a salvo da interferência das aldeias reais, deixando que o destino concedesse a estas últimas uma segunda oportunidade.

CENAS DA VIDA NA ALDEIA

1

A coluna ia quase completa quando deixou a cidade (três viaturas juntar-se-iam a ela em Muembe, adiante no caminho). A abrir e a fechar iam dois jipes com meia dúzia de soldados cada um. Um terceiro jipe, verde, seguia mais ou menos a meio, entre o jipe do Governador e o da Brigada da Universidade, com agentes do Serviço Nacional de Segurança Popular trajados à civil. Os restantes veículos eram ocupados por diretores e outros dignitários da Província. Os comportamentos pareciam mil vezes ensaiados, tudo o que ocorria era levado a cabo sem a menor hesitação. As ações eram pautadas por ordens secas, portas a bater e vozes agitadas, sem que se localizasse com precisão a sua origem. O roncar dos motores sugeria um movimento feito de urgências, apressado como uma cobra a atravessar espaço aberto, mas com qualquer coisa de lesma se as lesmas fossem velozes; isto é, esticando e encolhendo como um fole. Foi isto que pensou o Coordenador da Brigada, e também que para tal sintonia teria de haver uma única fonte das ordens de comando e ainda um meio de comunicação, para ele imperceptível, que as transmitisse rapidamente e com eficácia a todas as viaturas, rádio ou coisa assim, até porque pairavam no ar fragmentos de frases roufenhas, estalidos e arranhares, sons típicos da comunicação por essa via. Foi isto que concluiu. Pensava como um coordenador, ou seja, mesmo sem se dar conta disso procurava sempre a mecânica por trás do desencadear do movimento coletivo.

Enquanto percorreu a estrada de asfalto a coluna produzia à sua passagem um impacto apesar de tudo moderado, talvez por ser *familiar*, por se fazer ali presente com mais frequência; dava apenas azo a um virar de olhares, escassos braços levantados num aceno e alguns gritos das crianças. Só depois de Muembe, onde se lhe juntaram as três viaturas referidas (de diretores que estavam ali em serviço, a preparar a visita do Governador ou algo assim), só aí, dizia, as coisas começaram a mudar. Não apenas porque a estrada passara a ser de terra, o que criava uma ilusão de maior velocidade, mas também porque crescia o ruído dos motores que tinham de vencer mais atrito, e ainda porque se levantavam nuvens de poeira, tudo ingredientes que conferiam à coluna maior vigor e, mesmo, um ar de alguma ferocidade.

A coluna surgia como uma lança apontada ao coração do mato.

Além do mais, sendo esta assertiva presença da autoridade ali mais rara, o sobressalto camponês era maior. Adultos e crianças surgiam do nada esbaforidos, atravessando os campos aos saltos atrás do rugido dos motores, dando a impressão de que tentavam chegar à berma da estrada a tempo de se deixarem envolver pelas nuvens de poeira que tornavam a visão ainda mais feérica. Para quem conseguia chegar com alguma antecipação, isto é, antes da passagem da coluna, maior era a nitidez com que esta se deixava ver, aproximando-se com as suas luzes brancas acesas como pares de olhos perscrutando furiosamente o caminho por onde haveria que passar, e cercada do halo de poeira que deixava para trás, uma nuvem que crescia muito acima do arvoredo e parecia em vias de tomar conta do céu. Se quando chegassem perto a passagem da coluna já estivesse em curso, a visão era de uma sucessão de monstros mecânicos de perfil, entrando e saindo de cena, observados com dificuldade porque o pó e a velocidade mal deixavam ver, tudo entre árvores, luzes piscantes e sirenes variadas, umas abruptas e outras arrastadas, gritos dos soldados (*Sai! Sai! Sai!*), e pancadas secas nos taipais com as armas e as mãos, uma atitude que apesar de tudo não assustava os camponeses a ponto de os afastar para distâncias mais seguras (possuíam por assim dizer uma curiosidade irremediável). Inevitavelmente, os mil e um obstáculos que se interpunham na passagem, buracos, pedras e troncos, curvas mais apertadas e, naquelas zonas povoadas, galinhas, cabritos e gente, sobretudo crianças, todos esses obstáculos, dizia, obrigavam a coluna a mudanças bruscas de velocidade, encolhendo subitamente no caso de uma travagem e dando saltos em frente que a distendiam assim que sentia o caminho livre: o tal movimento de lesma célere, paradoxal. E era uma estranha visão, assim que ela passava e expunha a traseira, o brilho vermelho dos pares de luzes de travagem pairando e piscando entre as nuvens da poeira levantada como se de um enxame de loucos insetos em brasa se tratasse, errando em desespero numa espécie de fumarada amarelo-encarniçada, o que acentuava no conjunto o efeito de fole atrás referido. Isto, claro, na perspectiva dos que estavam em terra, porque os que seguiam na coluna, embora mergulhados no mesmo mundo de rugidos, piscares, sirenes, gritos e poeira, o mais que viam era uns braços vagos acenando, folhagem, galinhas espavoridas esvoaçando a meia altura, porcos e cabritos disparando pelos campos de mapira em flor, o milagre repetido de mil tragédias no último instante evitadas. Os da Brigada da Universidade, inexperientes, iam em constante sobressalto; quanto aos restantes, pareciam mais acostumados.

Venceram desta maneira uma grande distância num tempo relativamente curto e entraram ao fim da manhã em Chiconono, quase a meio do percurso. Apesar de não passar hoje de uma localidade modesta, Chiconono foi um dia o centro da nação Yao. Diz-se que há duzentos ou trezentos anos chegou a ter perto de cinco mil almas, uma extraordinária cidade tendo em conta que a região era na generalidade ocupada por pequenas aldeias que raramente ultrapassavam a meia centena de habitantes. O único vestígio desse passado, cujo segredo terá estado na necessidade de defesa e no comércio com a costa, em particular o comércio de escravos do interior (os Yao eram grandes comerciantes que em incansáveis caravanas ligavam a costa ao interior), está no desgaste que sofreu o lugar com uma população assim concentrada, visível no aspecto arredondado da orografia e nos solos nus e esgotados onde a erosão rasgou feridas profundas.

A partir daquele posto elevado o panorama ao redor era amplo e magnífico, um universo verde-acastanhado no qual a coluna iria mergulhar para percorrer uma grande distância e regressar à superfície horas depois, na elevação que se divisava ao longe na linha do horizonte. O ar era fresco e seco, típico das alturas.

Retomaram a marcha com a mesma urgência de portas a bater e motores roncando, mas a coluna foi perdendo a irascibilidade, como que ficando mais paciente. Desaparecia aos poucos a presença humana até se chegar a um ponto em que não havia traços dela, e era como se, desprovida de audiência, a coluna da autoridade já não necessitasse de alardear a sua força. A floresta adensara-se. O caminho, interrompido pelos mais diversos obstáculos, não permitia grandes veleidades. Havia pedras e uma ou outra árvore tombada, surgiam descidas abruptas e curvas apertadíssimas. Quem abrira aquela estrada preocupara-se mais em tornear os obstáculos do que em impor à floresta uma solução guiada pelas necessidades das viaturas e pela pressa de chegar. Era uma estrada de baixo custo, feita toda ela de compromissos e de cedências. Não seguira um plano propriamente dito, fora antes o caso de uma máquina ir negociando com os elementos a abertura de um caminho possível e os outros seguirem atrás até que a repetição das passagens acabasse por o ir consolidando. Sim, a estrada existia, estava lá, mas todos os anos vinha a estação das chuvas para lembrar aos viajantes da sua fragilidade. Todos os anos era necessário recomeçar, afastando árvores tombadas, restabelecendo as pequenas pontes improvisadas sobre o infinito número de riachos, tapando os buracos, compactando com folhagem, capins e cascas de árvore as incontáveis extensões lamacentas. E, salvo em uma ou outra obra de maior envergadura, eram os próprios viajantes quem procedia a esses trabalhos a fim de poderem seguir caminho. A floresta não era propriamente cerrada, mas as árvores — na sua maioria da espécie *brachystegia longifolia* a que comumente chamam *miombo* — com as suas folhinhas pequenas, filtravam uma luz amarelada que distorcia as distâncias e confundia os volumes, transformando tudo num mundo de coisas indistintas onde o mais fácil era perdermo-nos. Assim como uma fotografia muito nítida que fosse sendo esbatida progressivamente pelos anos até redundar numa espécie de tela abstrata feita de vagas e desmaiadas manchas de cor.

Este contexto entontecia, propiciava um crescente afastamento da lógica das coisas, e nas traseiras do jipe da Brigada iam surgindo as histórias mais fantasiosas, muitas delas contadas pelo guia que os acompanhava. Apontando um cabeço de rocha firme, um *inselberg* que se elevava a grande altura e a que chamou LiZimbabwe, com o que parecia ser uma pequena floresta no topo, o guia afirmou que ali residia um grupo de pigmeus que recusavam qualquer contato com a gente cá de baixo. Por vezes desciam por uma provável via secreta para deambular pelas cercanias em busca de folhas e frutos que comer, ou à caça de animais. Era raro serem vistos, muito raro, mas ele próprio deparara certa vez com um casal que atravessava a estrada com as suas pequenas lanças em riste, envergando saiotes de palha e casca de árvore, a mulher com um trapo vermelho enrolado num dos artelhos, porventura um troféu de guerra ou então uma vaidade. A lembrança que lhe ficou, disse, foi de algum mal-estar, não por os achar pequenos, mas, pelo contrário, por sentir que ele próprio e os seus companheiros eram anormalmente grandes e por isso mais vulneráveis, digamos que com mais área exposta à surpresa do encontro. Isto, claro, sem contar com os poderes sobrenaturais de que estava certo aquela gente pequena ser dotada (falava-se em recursos mágicos para subir e descer, no poder da invisibilidade e outras coisas mais).

— *Quem garante que não estão aqui na berma, neste preciso momento, a ver a coluna passar?*

Os membros da Brigada riram-se, uma forma de manifestar reserva em relação a estas fantasias, não deixando contudo de olhar a grande pedra com uma certa reverência. Como se chegaria até lá acima? O que haveria de fato naquele território independente e altaneiro? Alguém perguntou se os soldados nunca tinham tentado subir até lá e o guia respondeu que tinham receio de fazê-lo porque os homenzinhos eram, como dissera, grandes feiticeiros.

Enfim, histórias cujo eco ficou a alimentar divagações privadas dentro de cada um. Não puderam deixar de se perguntar como seria o mundo visto lá de cima, um mar esverdeado a perder de vista cercando esta ilha que levitava a grande altura com a sua pequena floresta com árvores de frutos desconhecidos e onde cantavam os pássaros, um mundo que tinha o sol quase ao alcance da mão e a lua tão perto que era possível ver-lhe os caminhos, e mergulhado na bruma de nuvens que ali estacionavam como que a recobrar forças para prosseguir no seu voo sobre a vastidão vegetal, enfim, um mundo onde haveria certamente um regato que crescia até se precipitar no abismo ou, vistas as coisas a partir de baixo, uma altíssima cascata.

A viagem prosseguiu. Pelas razões apontadas, havia que progredir com cuidado. Por vezes não se sabia se o que estava na frente era uma curva da estrada ou uma sua estranha refração, um capricho visual enganador, assim como uma cobra que largasse a pele e caminhasse numa direção diversa, criando desta maneira falsas bifurcações e um desnorte neste reino que poucos anos antes, durante a guerra da independência, os guerrilheiros atravessavam às arrecuas para enganar eventuais perseguidores. Além do mais, o Governador seguia na coluna e isso estava por trás de um reforço das medidas protocolares de segurança. À chegada a cada uma daquelas pequenas pontes improvisadas, feitas de troncos de árvore, havia que parar, os soldados saltavam e espalhavam-se ao redor para assegurar o domínio do perímetro, o Governador passava a pé e os carros iam atravessando um a um, em manobras que a precariedade dos dispositivos tornava arriscadas. Finda esta operação, que às vezes era necessário repetir uns escassos metros adiante e que viria a ter lugar vezes sem conta, a coluna retomava vagarosamente a marcha e os soldados que haviam montado guarda irrompiam do mato e saltavam para as viaturas já em movimento, dando ao olhar inexperiente a impressão de estarem a assaltá-las. Num dado momento, um dos jipes dos diretores furou um pneu e foi imediatamente deixado para trás (nada podia prejudicar o andamento do Governador). Substituído o pneu, o referido jipe teve de galgar terreno como um louco até reencontrar a coluna e o seu lugar dentro dela.

A sucessão de cursos de água cortando a estrada, grandes e pequenos, deixava uma impressão ambígua: por um lado dificultava a progressão da coluna; mas, por outro, afigurava-se fundamental para criar a sensação de movimento, como se a travessia de cada um deles fosse mais um passo dado, mais um degrau vencido no esforço titânico de chegar ao destino.

Sim, a coluna ia agora mais lenta e mais silenciosa, sem vestígios das sirenes que antes punham tudo em alvoroço (como foi dito, deixara de haver a quem impressionar), mais lenta e mais silenciosa, dizia, como que confundida no limbo entre o real e o sonho. A lentidão desfazia a anterior distância entre os viajantes e a floresta, e o silêncio das sirenes reforçava a sensação de estarem todos eles perdidos entre as árvores, imersos naquele mundo, presos a um ambiente onde prevaleciam finalmente os sons do lugar, um chilrear de pássaros e murmúrios da folhagem, um marulhar de águas, estalidos dispersos, enfim, ecos de coisas impossíveis de discernir e que só levemente o monótono ronronar dos motores disturbava. A luz amarela filtrada pelas folhinhas do *miombo* confundia as distâncias, já se disse, e escondia a linha que separava o céu do chão. O estremecer da folhagem tanto podia ser da passagem de um bando de mabecos listados como do respirar de um enorme elefante cinzento entre as árvores, interrompendo o mastigar das folhas para assistir, imóvel e de muito perto, à passagem da coluna. De tudo isto se davam conta os membros da Brigada, mas com a repetição até as pequenas novidades se iam esbatendo, cedendo lugar a um entorpecimento muito próprio que o ruído ondulante dos motores ia acalentando e que duraria até que uma impressão mais forte os resgatasse desse limbo para os trazer de volta à realidade propriamente dita.

2

Foi isso que os atingiu, essa impressão mais forte, quando chegaram ao rio Luatize, o maior que haveriam de atravessar em toda a extensão da viagem. Uma impressão mais forte emanada da realidade. Por essa altura ressurgia não propriamente gente, mas ainda apenas vestígios dela, fragmentos de velhas viaturas militares portuguesas despedaçadas por engenhos explosivos plantados no caminho (como foi dito, a guerra ainda era recente). Caprichosamente, do ramo de uma árvore mais entroncada pendia uma grelha de *Unimog* que o crescimento da árvore envolvera e integrara no seu próprio corpo vegetal, uma grotesca deformação que surgia como uma espécie de memorial, um símbolo que assinalava aquele lugar como um lugar de fragmentação, violência e morte, mas também, ao mesmo tempo, um lugar de regeneração, fosse ela qual fosse. A partir da estrada e atrás de uma pequena planície de capins rasteiros que a ela se encostava, descortinavam-se restos daquilo que parecia ter sido um pequeno quartel do exército colonial, agora uma ruína, não mais do que um par de paredes levantadas que a floresta, depois da guerra, ia pacientemente roendo e engolindo. Numa das paredes era possível ler-se, em letras enormes de um vermelho-sangue enegrecido pelo tempo:

"O TOMÉ NÃO ME AJUDOU"

Olhava-se aquela frase, aquela espécie de libelo acusatório, e era difícil não nos ocorrer um enredo de traição, uma presumida lealdade que se mostrara afinal falsa e desfeita, uma máscara que caíra para revelar um caráter infame e torpe, uma covardia que deixara de ter espaço para continuar a disfarçar-se, uma desumanidade escancarada e, finalmente, por parte de quem ficou, uma solidão que mais perfeita não podia ser, a solidão do poeta moribundo que escrevera aquele verso na parede, aquele grito, aquela prova de uma agonia solitária no meio da floresta desconhecida onde os sons estranhos existiam para vincar a condição estrangeira de quem os ouvia. Sobre o Tomé e a sua atitude os fatos pareciam claros, permanecia ali a denúncia deles para todo o sempre e era como se os viajantes desta estrada, presentes e futuros, viessem desfilar em frente da ruína para tomar conhecimento da terrível acusação e, quem quer que fosse o Tomé, como se com ela o seu gesto ficasse a assombrá-lo pela vida fora. Para todo o sempre. A ele e de alguma maneira aos próprios viajantes, que após saberem do caso seguiam viagem com o peso desse conhecimento sobre os ombros. Sim, o Tomé não escapara sozinho. Era certo que deixara o camarada para trás, mas levava consigo a vil traição e, afinal, levava também todos aqueles que de alguma maneira conseguiam deixar aquele lugar para prosseguir viagem, traindo quem não pudera partir. O Tomé era feito de todos os sobreviventes.

Por outro lado, como saber quem escrevera aquela frase? Para chegar aí seria necessário imaginar a existência absurda de um pequeno quartel como este, no meio do nada que era aquela margem do rio, a horas de difícil e perigosa distância de onde quer que fosse, dias para chegar, dias para sair, cercados de uma floresta cheia de olhos e de segredos. Qual o sentido da existência, naquele lugar, de um punhado de jovens soldados assustados a não ser para pôr em prática sentimentos nobres ou revelar instintos vis? Neste mesmo lugar, em 1916, em pleno período da Grande Guerra, existiu um “Posto Militar do Luatizi”, também referido como “Posto do Soldado Duarte”, o que comprovava, de forma inequívoca, a sua propensão para gerar casos da mais absoluta solidão. O acusador anônimo, que o Coordenador prontamente batizou de Soldado Duarte, rastejando com uma perna desfeita, esticando o braço trêmulo na direção de um Tomé que a princípio parece indeciso entre duas soluções tão distintas, uma solidariedade que é a única garantia que mantém a humanidade do pequeno grupo ou então um instinto desconhecido que aflora de repente como uma tentação, misto de pavor e de preservação com fragmentos de outros elementos obscuros, instinto esse que acaba por triunfar e o leva a desviar-se do olhar do camarada ferido e a desaparecer por uma fenda do muro entre a folhagem, a figura de um drama grego surda à denúncia e aos apelos do coro e que, concluída a sua deixa, se sumisse por uma extremidade do palco e se diluísse na treva dos bastidores.

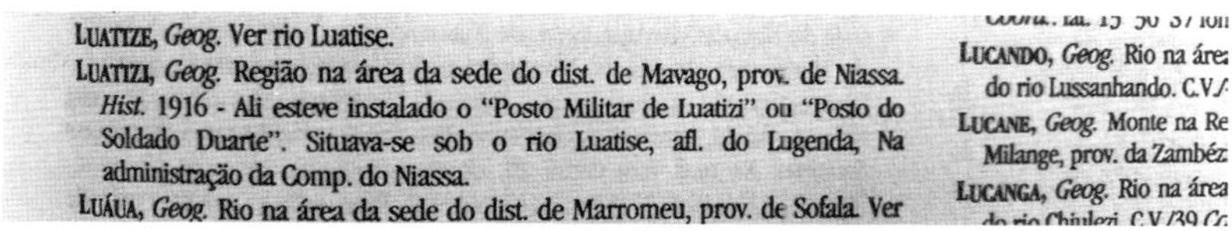

LUATIZE, *Geog.* Ver rio Luatise.

LUATIZI, *Geog.* Região na área da sede do dist. de Mavago, prov. de Niassa. *Hist.* 1916 - Ali esteve instalado o "Posto Militar de Luatizi" ou "Posto do Soldado Duarte". Situava-se sob o rio Luatise, afl. do Lugenda, Na administração da Comp. do Niassa.

LUÁUA, *Geog.* Rio na área da sede do dist. de Marromeu, prov. de Sofala. Ver

LUCANDO, *Geog.* Rio na áre do rio Lussanhando. C.V./

LUCANE, *Geog.* Monte na Re Milange, prov. da Zambéz

LUCANGA, *Geog.* Rio na área

Para quem fica, neste cenário cuidadosamente montado para dele irem partindo todos os Tomés, para quem fica, findas as recriminações que de resto não passam de ilusórias tentativas de mudar o passado, o já acontecido, para quem fica, já se disse, é a mais absoluta solidão. Não! Este acontecimento jamais se apagará da consciência nem dos registros do mundo. Está ali descrito, desafiando o tempo e o desconhecimento. É ele que obriga a figura a regressar ao palco, senão em corpo ao menos na forma de uma espessa ausência que a qualifica e denuncia.

O Coordenador foi sacudido destas inúteis divagações pelo arranque da coluna, concluída que estava a travessia do rio. Os perturbantes vestígios ficavam para trás, era outra vez a floresta na sua pureza, como se tudo voltasse a imobilizar-se no patamar da eternidade. Todavia, um trajeto desta vez mais curto até à localidade de Mavago, de onde, após breve paragem, a coluna encetou a tirada final na esperança de chegar a M'sawize antes do cair da noite.

3

A paragem em M'sawize restaurou a autoridade do Governador, algo diminuída pelo constante movimento da coluna. A autoridade é avessa ao movimento, este prejudica-lhe o equilíbrio. O poder necessita de uma certa imobilidade para ser exercido com clareza. Não chega nem parte, simplesmente está. E este aspecto, o de um poder forte e inequívoco, revelava-se aqui da maior importância pois a falta de uma presença constante do Governador nestes locais remotos estava por trás de algumas fragilidades e um não menor número de problemas, como se verá. Estar, permanecer, convém repetir, é muito diferente de visitar.

Uma vez acomodados os integrantes da coluna, começaram a multiplicar-se os estafetas levando recados e trazendo respostas à residência provisória do Governador. Havia muita coisa a tratar pois o Governador queria sair de cada lugar com uma ideia clara dos problemas que ali existiam e de como estavam a ser pensadas e postas em prática as respectivas soluções. Que diziam os diretores provinciais acerca disto e daquilo? Onde estava o alto funcionário tal? O que tinha a dizer o Administrador local ou o Secretário do Partido?

A mais pequena coisa, um objeto, uma pessoa que passava ao longe, uma frase solta de alguém ou um pequeno incidente, tudo dava azo à abertura de uma nova linha de questionamento por parte do Governador, levando-o a convocar novas séries de pessoas. A vontade de saber e de pôr as respostas em movimento era incessante e desdobrava-se em catadupa. As coisas pequenas alargavam o seu âmbito e os funcionários corriam de um lado para o outro como formigas atarefadas.

Depois do jantar coube ao Coordenador da Brigada a vez de ser convocado à presença do Governador. Este recebeu-o no terreiro das traseiras da residência, de banho tomado e envergando roupas informais de capulana, visivelmente satisfeito por se encontrar de novo num ambiente cuja precariedade lhe lembrava outros tempos em que os propósitos eram menos complexos do que os atuais. Usar a água do balde aquecida na fogueira, comer cá fora no terreiro ao som dos grilos e à luz da lenha a arder, e em mesas toscas cobertas por uma singela capulana, eram coisas que emergiam do passado para o deixar visivelmente bem-disposto. Voltar àquele cenário era recuar uns anos e respirar os tempos do vigor da juventude em que os gestos mais comezinhos faziam parte do longo processo de edificação da glória futura. E confessá-lo abertamente ao Coordenador da Brigada com um sorriso de satisfação de algum modo traduzia um tempo, hoje por sua vez desaparecido, em que os líderes não se importavam de fingir deixar de ser líderes durante umas horas do dia, tirando uma folga para gozar com prazer um estatuto parecido com dos cidadãos comuns. Um tempo em que confiavam nas suas ações, capazes de manter as coisas numa espécie de funcionamento autônomo durante a referida folga, um tempo de pausa em que não se afigurava necessário estar permanentemente a vigiá-las.

O Governador insistiu mesmo em partilhar algumas lembranças mais pessoais, do tempo em que atravessara este lugar durante a guerra, integrado numa outra coluna, uma coluna que Samora Machel chefiava, numa marcha triunfal já quase da ordem do mito. Tempos duros, mas claros, tempos que ele lembrava agora com saudade e, suspeita-se, com uma dose de compreensível fantasia (as coisas não conseguem resistir ao tempo sem ganhar este tipo de contornos). Andou a conversa durante um tempo em volta disto, com a referência a mapas espalmados em cima de pedras e riscados com as setas do avanço, gestos nobres prenhes de coragem que punham em prática decisões difíceis, merecidos minutos de descanso dessedentados pela água fresca das nascentes antes do retomar das difíceis caminhadas etc., etc.

Depois, chegada a hora certa, o Governador pegou num pequeno transístor e sintonizou em ondas curtas o noticiário longínquo da BBC. Ao mesmo tempo, foi comentando questões da política internacional, a independência do Zimbábue e, vagamente, os conflitos internos que assolavam este país e as justas decisões do partido-irmão, a tensão entre o Irã e o Iraque, enfim, perguntou ao Coordenador o que achava de Margaret Thatcher, a dama de ferro. Ou seja, deixava gradualmente o mundo distante do sonho para regressar a uma realidade também ela distante daquele lugar, situada no tal patamar em que o estatuto de chefe se encontrava suspenso por um momento. Dispôs-se mesmo a interpelar o Coordenador sobre assuntos mais pessoais, se tinha família, onde esta estava e como era etc.

Falavam à luz bruxuleante da fogueira, cercados pela escuridão. No fundo, pretendia descobrir como o Coordenador pensava antes de chegar ao cerne do encontro, que era saber um pouco mais acerca dos propósitos da Brigada no *seu* distrito, de que maneira pensava ela ajudar a resolver os problemas existentes. Atirou com uma série de perguntas diretas a este respeito, formulando ao mesmo tempo orientações fortes e claras sobre o caminho que devia ser seguido. A felicidade do povo era essencial, repetiu várias vezes, assim como o eram a disciplina, a ordem e a vigilância para impedir as ações do *inimigo*. Isto só se conseguia consolidando a autoridade tão arduamente conquistada.

— *Nunca se esqueçam: responder aos anseios populares e consolidar a nossa autoridade!*

Chegados a este ponto, fatigado, o Governador dispensou o interlocutor, anunciando que se recolhia. O dia fora longo, disse, à laia de despedida. E aquele que aí vinha prometia sê-lo ainda mais.

4

O povo dispunha-se ao redor do descampado desde o raiar da aurora. Apesar de estar ainda baixo, o sol já mostrava do que iria ser capaz e eles acocoravam-se como podiam na periferia, procurando a sombra de umas nogueiras. Na parada, enquadrados por soldados, os prisioneiros do campo de reeducação alinhavam-se em filas meticulosas nas suas fardas negras. Dividiam-se por grupos, segundo as funções em que haviam servido no tempo do colonialismo. Havia antigos membros da Pide ou informadores da velha administração, delegados à antiga Assembleia Provincial colonial, autoridades tradicionais, milicianos e guardas rurais que haviam lutado do lado dos portugueses. Nos olhares brilhava um terror amarelo, pensavam sem dúvida que se aproximaria a sua hora. Certamente que o pensariam sempre, todos os dias. Ninguém movia um músculo.

O Governador começou por dirigir-se ao povo num tom leve e brincalhão.

— *Na Aldeia os camponeses levantam-se cedo, a natureza não fica à espera de que eles se decidam a acordar.*

Disse isto olhando com ironia os dignitários sentados num banco tosco e longo atrás de si, no palanque. Chamou a atenção para as faces ensonadas desta gente da cidade, pouco habituada ao trabalho duro do campo, e recebeu em troca, vinda da sombra das árvores, uma gargalhada popular. Depois, dedicou-se a assuntos mais sérios, envolvendo diretamente os prisioneiros. Proferiu palavras cujo sentido visava uma espécie de lustração, embora num tom duro que deixava a pairar alguma incerteza quanto ao futuro. Cria simultaneamente na reeducação dos homens e na punição dos seus erros como via para a restauração da pureza, sem ficar claro qual das duas prevaleceria. E quanto mais falava, mais os prisioneiros pareciam figuras de ébano brilhante nas suas fardas negras e mais exalavam um cheiro acre a suor queimado pela canícula e esfriado à pressa pelo medo.

Prisioneiros, população, membros da Brigada e o pequeno séquito de diretores provinciais e funcionários, todos escutavam atentamente, como que hipnotizados por aquelas palavras vigorosas e assertivas. Como se as palavras do dirigente tivessem esse poder. Só o Governador e os soldados se mexiam, ele no centro, anunciando o futuro e tonitruando as novas regras, eles na periferia, zelando pela ordem e pela segurança do encontro. Houve ainda tempo para as promessas, entreabrindo-se um destino radioso assim os diretores (e o Governador apontava-os um a um com o seu longo dedo indicador), assim os diretores, dizia ele, fossem capazes de desempenhar o seu papel. O povo, claro, também era chamado a colaborar.

Um pouco mais tarde, já com o sol no pino e as mensagens políticas estabelecidas e entendidas por todos, as portas dos jipes voltaram a bater, os motores roncaram, os soldados agitaram-se (*Sai! Sai! Sai!*), e a coluna partiu com fragor para N'kalapa por aqueles caminhos sempre sinuosos e difíceis. Ainda não era desta vez que o destino dos prisioneiros ficava selado; também ainda não era desta vez que o Governador deixava o lugar com a sensação de ter respondido em definitivo aos anseios populares. Ia, por isso, de cenho fechado.

5

Em N'kalapa, a paragem seguinte, pela primeira vez em muito tempo o céu toldou-se de um cinzento carregado que prenunciava a chegada da chuva. Ansioso e com o céu debaixo de olho, o pessoal do protocolo preparou ao ar livre a mesa do jantar que assinalaria a despedida do Governador, a partida de regresso à capital. Temiam que o tempo os obrigasse a recorrer a soluções alternativas que a urgência tornava sempre complexas e atabalhoadas, perturbadoras da ordem natural das coisas.

O lugar da cabeceira estava reservado ao Governador, o último a chegar. Ao seu lado direito alinhavam-se os dignitários da província e algumas autoridades locais, e ao lado esquerdo os membros da Brigada. O Governador envergava o uniforme militar *pingo de chuva*, sinal de que o dia de trabalho ainda não dera lugar ao convívio informal que todos esperariam. Embora tivesse começado por referir aquela aldeia em termos encomiásticos, lembrando mais uma vez a passagem dos guerrilheiros por ali e as soluções adotadas no passado para enfrentar o inimigo, cedo se percebeu que não era este o caminho que o Governador pretendia seguir. O seu objetivo não era transportar os comensais para as glórias do passado. Pretendia, por trás desta espécie de preâmbulo que reafirmava ao mesmo tempo o peso da história e a sua própria autoridade (como se isso fosse ainda necessário), pretendia, dizia, descobrir e desmascarar o inimigo atual, não o antigo. Iniciara o jantar desta maneira apenas para levar aqueles que tinha em mente a baixarem a guarda e, portanto, a serem mais espontâneos nas respostas que estava em vias de exigir. Ou seja, mais verdadeiros. Sim, o que o Governador se preparava para exigir era não menos do que a verdade. E, de fato, quando os criados se aproximaram com as terrinas da sopa, preparando-se para servir, o semblante do Governador fechou-se teatralmente numa das suas famosas variações de humor. Apontou a fila de dignitários à sua direita, os diretores provinciais, e disse com voz rouca:

— *Esses hoje não comem sopa!*

E, ante a estupefação geral, enunciou o motivo. Há meses que a sua própria gente lhe escondia a verdade. O distrito estava todo ele num estado desgraçado, as estradas péssimas, as lojas vazias, a produção baixa, os postos de saúde e as escolas continuavam pelo menos tão escassos e precários como na altura da última visita que fizera. Não se via um único sinal de progresso, trovejava. Na reunião popular havida em M'sawize, lembrou ele, um camponês pusera-se de pé, levantara a mão direita e corajosamente enunciara, indicando cada um dos dedos, as cinco conquistas que o povo esperava que a independência trouxesse: sal, sabão, óleo, açúcar e panos.

— *Cinco!*

O Governador enunciava este número com a grande mão aberta, para que todos atentassem. Um produto em cada dedo. E, pouco mais de cinco anos volvidos desde a independência, esses cinco desejos camponeses continuavam a ser uma miragem. E o Governador concluía, voltando a citar o camponês de M'sawize:

— *A independência foi para o Sul e ainda não voltou!*

Foi isto que ouviu. Era isto que o Governador tinha em mente. Era este, resumido, o resultado da visita: a independência fora para o Sul e ainda não regressara. E, enquanto os da Brigada deixavam timidamente esfriar no prato a sopa que lhes coubera em sorte, o Governador prosseguia com a sua cruzada, interrogando um a um os infelizes diretores que, a goles de água, tentavam, nas áridas gargantas, abrir caminho às trêmulas respostas.

Ao mesmo tempo, a trovoada, a verdadeira, rondava já como se tivesse sido convocada para fazer eco da cólera do Governador, e a brisa, cada vez mais forte, agitava a toalha de capulana e provocava no arvoredo em volta um som de fritura, como que uma discreta risada vinda do escuro. As fogueiras e os candeeiros estremeciam com o vento, espalhando sombras fantasmagóricas que revelavam e voltavam a esconder os soldados postados de guarda na periferia, irrepreensíveis nos seus uniformes, sombras que sobrevoavam também a própria mesa do jantar como grandes aves agourentas.

E, assim que o Governador concluiu o rol de reprimendas e ameaças, assim que cruzou os talheres no prato dando por terminada a refeição, as primeiras gotas grossas de chuva começaram a fazer-se sentir, como se tivesse sido ele a convocá-las.

No dia seguinte, bem cedo, a coluna do Governador partia de N'kalapa, deixava os membros da Brigada da Universidade em Mavago e seguia caminho de regresso à capital, levando consigo as suas urgências e as suas sirenes. Não havia tempo a perder, era preciso cruzar os riachos que engrossavam e a floresta que enverdecia e se cerrava com o início da estação das chuvas. Havia que sair dali antes que a natureza apagasse o caminho e os retivesse deste lado.

6

Parados, fora do jipe e com o motor em silêncio, tinham das árvores a impressão de que eram mais altas e pareciam-lhes a floresta com os segredos mais expostos, embora sem perder o seu mistério. Era como se o silêncio se desdobrasse em vários ecos quase palpáveis e estes dispersassem em ondas por entre as árvores.

Mafambisse afastou-se dos companheiros da Brigada. Escolheu uma árvore, segurou no machado com ambas as mãos e assestou um primeiro golpe, cujo som ficou a reverberar pelos meandros da floresta. Mafambisse era carpinteiro, a função de lenhador, mais do que vir por acréscimo, era no fundo a raiz da sua arte, o lugar onde tudo começara. Daí o seu empenho, a sensação que tinha de estar a descobrir coisas fundamentais escondidas dentro de si.

Seguiu-se uma pausa curta, em que alguns brigadistas opinaram sobre a melhor maneira de fazer as coisas. A madeira era dura. Como se não os escutasse, Mafambisse sondou a ferida do tronco com os seus dedos grossos e tornou a levantar o machado para assestar um novo golpe. Foi então que uma gargalhada aguda vinda do interior da floresta lhe interrompeu o gesto, uma espécie de chilrear sibilante que atemorizou ligeiramente os membros da Brigada. Mas o seu autor, surgindo do meio das árvores, e apesar da estatura gigantesca, tinha um ar amigável. Aproximou-se. Trazia na mão um machado duas vezes maior do que o de Mafambisse. E, numa vozinha que contrastava escandalosamente com a sua estatura, sugeriu:

— *Eu ajudo. Eu corto os* pauzinhos *e vocês levam os* pauzinhos *para o carro.*

Meia dúzia de golpes foram suficientes para o gigante derrubar uma árvore, e derrubou as necessárias em menos tempo do que os membros da Brigada levaram a limpar e transportar a primeira para o jipe. Fê-lo com gestos precisos, emitindo um som muito ligeiro, pouco mais do que um intenso respiro de cada vez que baixava o poderoso machado. Só mais tarde, quando o trabalho ficou concluído, o lenhador se apresentou, brilhando de suor. Chamava-se Abdala. E, tal como Mafambisse, era carpinteiro. Pertencia a uma família Macua, grupo minoritário naquela região em que predomina o povo Yao. Uma condição que, conforme os brigadistas foram descobrindo nos tempos que se seguiram, tinha implicações que escapavam à vista desarmada.

Com a partida da comitiva do Governador, de regresso a Lichinga, a Brigada achava-se finalmente em contato *direto* com a comunidade; quer dizer, numa relação com esta sem a intermediação das autoridades da Província. Uma percepção que viria a adensar-se com a estação das chuvas, que impôs àquela região um isolamento quase absoluto e acentuou na Brigada uma espécie de sensação de orfandade. Doravante dependeriam de si próprios. Mas esta circunstância acabou por ser também a razão de uma certa euforia. Podiam agora iniciar o trabalho de apoio ao *desenvolvimento* da Aldeia, a razão, afinal, da sua presença ali.

E havia tanta coisa a fazer! Nos primeiros dias afadigaram-se na reparação da pequena casa de hóspedes que o Administrador lhes cedera, quase uma ruína. Além das árvores abatidas na floresta, trouxeram capim das margens do rio, cortado arduamente à catanada, cobriram com ele o telheiro de uma cozinha exterior, cavaram o buraco da latrina, calafetaram o telhado da casa, velho e cheio de telhas partidas.

Embora ao Coordenador coubesse a última palavra, os trabalhos eram nesta fase orientados por Rungo, o pedreiro da Brigada, a quem chamavam *Seisdedos* em virtude de ter em cada mão uma unha lateral que despontava da base exterior do dedo mindinho, uma espécie de esboço de um presumível sexto dedo. Tirava proveito dessas unhas de uma maneira sutil, fazendo com que arranhassem os interlocutores no aperto de mão inicial e sorrindo algo enigmaticamente com a vantagem colhida da surpresa que a impressão neles causava.

Sim, o *Seisdedos* e Mafambisse assumiam nesta fase um protagonismo especial por serem, por assim dizer, os elementos mais relevantes da componente *prática* da Brigada, por oposição ao grupo dos *acadêmicos*. É certo que a Brigada adotava uma espécie de filosofia igualitária, manifesta até no fato de envergarem todos, sem distinção, uma espécie de farda de caqui acastanhada, larga e com muitos bolsos, e que os acadêmicos se esforçavam por participar nos trabalhos ditos práticos. Mas eram o *Seisdedos* e Mafambisse que, com grandes gestos e gargalhadas, dirigiam as coisas, e os restantes tratavam de obedecer às suas ordens operacionais, quer transportando material e selecionando as ferramentas para as passar aos dois mestres, quer executando operações um pouco mais precisas sob a orientação daqueles, como por exemplo cavar a terra dura para espetar os troncos alisados, reforçar as sapatas com cimento e pedra ou usar a régua de nível para verificar se as traves estavam assentadas no ângulo certo, coisas assim. Mafambisse e *Seisdedos* riam dos gestos desajeitados dos neófitos na utilização do serrote ou da colher de pedreiro para rebocar uma parede, sem deixar com isso de com alguma cerimônia os corrigir e ajudar (apesar de tudo, a hierarquia típica de uma universidade vinha de longe e estava consolidada, não era de um dia para o outro que as coisas iam mudar a este respeito). Ao fim da tarde, quando interrompiam os trabalhos, desciam todos até ao rio Lussanhando para tomar banho nas piscinas de água límpida que se formavam entre as grandes pedras da margem, num ambiente de sã camaradagem. Mais tarde, enquanto uns passeavam, outros liam obras de Jack Goody, de Leroi-Gourhan e outros, sobre as técnicas e as sociedades.

A azáfama em torno da casa despertava a curiosidade dos aldeãos. Passavam e paravam, espantados, formando pequenos grupos para observar e comentar o afinco com que os forasteiros da cidade se dedicavam às suas tarefas. Por vezes riam entre si. Prestavam particular atenção aos instrumentos de trabalho, altamente cobiçados por serem ali uma raridade ou mesmo, alguns deles, desconhecidos. Réguas de nível, plainas, martelos e serrotes, pás de pedreiro, tudo era olhado com deslumbramento e alguma cobiça por faltar ou ser novidade, e por outras razões que só mais tarde os da Brigada viriam a descobrir. O interesse maior, se é que assim pode dizer-se, ia para o gerador e para o equipamento elétrico a ele associado (fontes mágicas da luz), e, mais tarde, sobretudo, para a motosserra *Husqvarna*, que reinaria como o instrumento de entre todos mais maravilhoso, capaz de derrubar uma árvore em infinitamente menos tempo do que o próprio Abdala, o rei das árvores. Muitos deles, particularmente os jovens, aproximavam-se para pedir emprego. Pareciam desesperados em busca de novidade, de algo que quebrasse a rotina lenta da Aldeia, uma rotina que os cercava e sufocava.

7

Com o correr dos dias, e se bem que se orgulhasse da impressão causada pela Brigada junto dos aldeãos (fazia-os sonhar), o Coordenador não pôde deixar de sentir que os brigadistas dedicavam mais esforço a cuidar de si próprios do que a resolver os problemas da Aldeia, e isso causava-lhe um certo mal-estar. Não era esta a imagem que a Brigada pretendia dar de si, a imagem de um corpo virado para dentro, como se, mais do que transformar a realidade, pretendessem mostrar pelo próprio exemplo que a vida podia ser melhorada. Não, não era este o caminho. Daí a pressa com que pretendia concluir esta fase e abrir uma nova, mais virada para a comunidade.

Um dia, terminados os trabalhos, o Coordenador deixou-se ficar para trás e não foi ao rio com os restantes. Ficou a vistoriar vagarosamente a obra feita. Estava quase tudo pronto: a latrina, o chuveiro, a cozinha exterior com uma grande bancada de madeira, as reparações na casa, incluindo a pintura das paredes. Sim, concluía-se esta primeira fase. Em seguida poderiam finalmente dedicar a atenção aos problemas da Aldeia.

Foi nessa altura, concluída a vistoria, que se deu o acidente. Mais tarde, quando se achou em condições de explicar o sucedido, o Coordenador alegaria que o moveu a necessidade de deixar tudo verdadeiramente pronto, nos mínimos detalhes, antes de passarem à aludida nova fase. Enfim, tudo se explicava em duas palavras. Pegara numa lata de gasolina do gerador, num trapo, num molho de palha e numa caixa de fósforos, e pusera mãos à obra. Pretendia queimar umas ervas aromáticas para atenuar os cheiros que vinham do buraco de uma latrina que, embora já em uso, deveria parecer nova como o resto das instalações. E foi este preciosismo que o perdeu. Alguma coisa correu mal. Passado um pouco o fogo irrompia pelas paredes de palha, alastrava ao teto e, em faúlhas levadas pela brisa, voava para galgar a distância e consumir num ápice a cozinha ainda por estrear. Era um fogo claro, silencioso, se excetuarmos os estalidos das matérias leves que se contorciam e subiam no ar já quase feitas em cinza. Mas era também um fogo ávido, voraz, devastador. De nada serviram os gritos e os pedidos de socorro, os gestos e as correrias: quando o fogo chega à palha desta maneira é sempre demasiado tarde, não há outra solução senão recuar e deixar arder tudo até ao fim. E quando os restantes membros da Brigada regressaram do rio a correr, alertados pelo fumo e pelo cozinheiro Daniel que, entretanto, correra até lá a avisá-los, enfim, quando atravessaram a pequena multidão que se juntava no local, depararam com pouco mais do que um monte de madeira enegrecida e fumegante. Salvava-se apenas a velha casa de cimento.

Era como se aquele lugar, parado no tempo, recusasse as novidades. Como se a Brigada voltasse ao ponto zero, aquele em que se encontrava quando ali chegara; sim, como se forças misteriosas usassem de todos os pretextos para adiar a abertura da Brigada ao resto da Aldeia.

Depois de explicar o incidente o melhor que pôde, o Coordenador remeteu-se a um silêncio pesado. Os outros calaram-se também, por não saberem como abordar com ele o sucedido. Passado algum tempo, numa súbita decisão, o Coordenador pegou na catana e desapareceu na direção do rio. Acharam todos que decidira caminhar um pouco para espairecer. Voltou já de noite, sempre calado, com um grande feixe de capim ao ombro. No dia seguinte, bem cedo, tornou a pegar na catana e a partir para o rio a fim de repetir a operação. Fê-lo várias vezes, para cima e para baixo como um possesso, sem dizer o que quer que fosse, trazendo capim para repor aquele que havia sido consumido pelo fogo. Quanto aos restantes, passada a perplexidade inicial, só lhes restou pegar também eles nas catanas para o ajudar. Movia-os a solidariedade natural e uma espécie de inércia, a intuição de que era preciso preservar o sentido da hierarquia e fazer como ele fazia.

Mas o incidente colocou pela primeira vez à prova a coesão do grupo. A autoridade do Coordenador não pôde deixar de ficar algo desgastada aos olhos dos restantes. Cortez, o fotógrafo argentino, chegou mesmo a comentar que a reação que se seguiu, as repetidas idas e vindas ao rio como um louco, revelavam pouca ponderação e nenhuma serenidade, atributos essenciais em quem dirige e coordena (evidentemente, os comentários eram feitos em voz baixa). Outros, mais contemporizadores, acharam no episódio o combustível apenas para alguma ironia travessa, longe da recriminação e da maldade. Riam chistosamente em surdina, mas era um riso são, um riso eivado até de um certo condoimento. No geral, os membros da Brigada, habituados na sua maioria a estar afastados dos círculos de decisão, encolheram simplesmente os ombros com uma grande dose de indulgência (afinal, e apesar de uma imprudência a todos os títulos censurável, acidentes podiam acontecer a qualquer um). Houve mesmo quem dissesse em voz alta que o dia seguinte seria um novo dia, a fim de levantar o moral do Coordenador. Palha e madeira havia muito, havia também vontade de trabalhar. No fundo, o episódio acabou por ser benéfico, não só por dar azo ao exercício desta solidariedade, mas também na medida em que trouxe alguma humildade ao Coordenador, tornando mais alargada e frequente a discussão das decisões no seio da Brigada.

8

Com as chuvas a floresta enverdeceu e o chão da Aldeia enlameou-se. Uma lama barrenta, encarniçada, que se agarrava às calças e às capulanas, às pernas nuas, dando de longe a ilusão de andarem todos calçados com umas

peculiares botas acastanhadas. Um barro que acabou por estar no centro das atenções no primeiro encontro da Brigada com o povo, numa manhã de sábado, no grande descampado em frente ao edifício da Administração. Há muito que a Brigada planejava este encontro, este passo inaugural da sua metodologia de trabalho. A consulta popular, rezava o princípio orientador, era o ponto de partida para identificar os problemas da Aldeia; era ela que ditaria o curso das ações subsequentes.

A abrir o encontro, e após algumas considerações gerais, o Administrador de Mavago apresentou formalmente a Brigada, socorrendo-se de um pequeno papel para não omitir aspectos que achava importantes como o fato de ela vir da capital, de ter sido endossada pelo próprio Governador da Província, enfim, de ser composta por universitários, o que trazia associada a garantia de soluções científicas para os problemas. Depois, passou a nomear os grupos presentes para que a Brigada ficasse a conhecer os seus grandes interlocutores, começando por alguns membros da direção do Partido e das autoridades administrativas da Aldeia. Junto deles estava um grupo de anciãos sentados todos juntos, que designou como os *Ches*, um grupo cuja influência na vida da Aldeia se devia à idade e à experiência, à pertença a certas famílias e, embora de modo implícito, ao Islã. Alguns pertenciam também ao grupo que apresentara anteriormente.

Enquanto o Administrador falava, Cortez e o *Angolano*, os fotógrafos da Brigada, circulavam acocorados entre as filas irregulares de gente sentada no chão, disparando as suas máquinas em todas as direções para captar imagens que mais tarde ilustrassem os relatórios, ajudando a traduzir os assuntos do encontro e a justificar as ações decorrentes. Por vezes, dando largas à sua particular sensibilidade, punham-se furtivamente a fazer retratos intimistas, captando expressões, mãos, rugas, olhares, pormenores que por assim dizer ajudassem a alimentar as suas ambições mais privadas no campo da expressão artística em si, de certa maneira marginais ao projeto da Brigada. Ao mesmo tempo, Parker, o *cameraman*, filmava também tudo o que via, segundo critérios discutidos previamente com o Coordenador.

O povo novamente reunido em mais uma das intermináveis assembleias! É como se periodicamente as pessoas fossem arrancadas aos seus afazeres para alguém lhes explicar como funciona o mundo. Passavam os dias em atividades infindáveis, fustigando o chão com uma enxada, ateando e apagando fogos, arrastando grandes troncos, percorrendo a pé grandes distâncias de uma aldeia para outra a fim de resolver problemas de parentes, de assistir a funerais ou nascimentos, para depois, periodicamente, vir alguém juntá-los em grandes assembleias e explicar-lhes como cultivar, como fazer arder, como abater uma árvore, enfim, como viajar, como agir perante o nascimento e a morte. Eram estes os pensamentos desconfortáveis que atravessavam a mente do Coordenador da Brigada enquanto ouvia o Administrador perorar sobre os destinos coletivos. Por fim este calou-se e passou-lhe a palavra.

O Coordenador hesitou um pouco, como se não soubesse bem por onde começar. Referiu que a Brigada estava na Aldeia para ajudar a resolver os problemas do povo. As pausas, os silêncios que entrecortavam as suas palavras, significavam que procurava ainda o melhor caminho, um caminho em que sentisse ser verdadeiro aquilo que dizia, capaz de chegar ao coração da multidão atenta. A magnitude desses problemas e o incêndio tão recente tolhiam-lhe de certa forma a retórica. Isso e o tradutor designado, que ia repetindo as suas palavras como um eco, imitando-lhe as entoações, mas apondo-lhes sempre a mesma e monótona patine sonora (parecia rezar em voz alta), sem ficar necessariamente claro, pelo menos para ele, se lhe imitava também o sentido (não se libertava da ideia incômoda de que o tradutor resumia demasiadamente as suas mensagens). Mas aos poucos foi ganhando confiança. Apresentou os membros da Brigada um a um, acompanhando cada nome com pequenos comentários que por vezes arrancavam gargalhadas (soubesse ele avaliar essas gargalhadas ou a razão de os cenhos por vezes se cerrarem na tentativa de compreender melhor e acharia a medida da distância que ainda havia entre a Brigada e o povo). Depois, voltou a frisar que as preocupações do povo eram as preocupações da Brigada, as mesmas. Esta não trazia outro propósito senão responder às necessidades sentidas por todos. Por isso era tão importante que todos se manifestassem, que dissessem que problemas eram esses para, em conjunto, poderem achar-se as respectivas soluções. Foi este o argumento que usou para se desenvencilhar da palavra e passá-la à assembleia. A reunião era uma reunião de consulta, cabia ao povo o papel principal. O povo, pois, que se expressasse!

Falou primeiro um dos anciãos que o Administrador indicara, que se apresentou como *Che* Rajabo e se queixou da falta de transporte. Era claramente uma figura de particular relevância. Ele e os seus companheiros, disse, dedicavam-se ao fabrico de panelas de barro que vendiam na capital da Província. Mas o jipe da Administração que as transportava fazia poucas viagens ou não tinha espaço suficiente para as levar todas. Era sempre um problema. Levantou-se outro *Che* que, um pouco mais agressivo, acrescentou que o jipe era descuidado e muitas panelas chegavam partidas ao destino. Havia que apurar responsabilidades.

O Administrador apressou-se a intervir. Tentou ilibar a Administração deste tipo de incidentes sem ousar, no entanto, desafiar abertamente a versão dos *Ches*. Fê-lo atirando as culpas para a estrada, para o motorista, enfim, para o ajudante que zelava pela arrumação da carga. Gaguejava, tateando os argumentos. Era evidente que procurava resguardar a imagem das autoridades sem com isso indispor os *Ches*.

Finalmente, um terceiro *Che* sugeriu que a Brigada realizasse ela própria o transporte das panelas para a cidade, ou mesmo, irrealisticamente, que ela oferecesse um jipe à Aldeia para esse fim. Deste modo ficariam resolvidos todos os problemas.

Segundo os *Ches*, os problemas da Aldeia resumir-se-iam pois aos seus próprios problemas. O Coordenador seguia as intervenções e sentia que algo lhe escapava. Era como se carregassem um sentido oculto, uma espécie de tensão escondida sob um manto de silêncio, o silêncio de todos os restantes. Embora não houvesse na assembleia quem ousasse contradizer os velhos, ninguém tampouco se levantava para apoiar com palavras as suas intervenções. Apenas alguns conformados acenos de cabeça. Era como se, imaginou, além de resumirem em si a sabedoria da Aldeia, os *Ches* fossem ao mesmo tempo um fardo que esta tivesse resignadamente que suportar. O próprio Administrador mexia-se no seu lugar, olhava em todas as direções como se procurasse uma solução capaz de reinstalar uma certa harmonia no conjunto.

Mas era impossível que os problemas da Aldeia se resumissem ao transporte de meia dúzia de panelas. Por isso, e correndo o risco de desapontar os *Ches*, o

Coordenador interrompeu o sentido que as coisas tomavam para perguntar quais eram, além do transporte das panelas, os restantes problemas da Aldeia. Interrompeu mesmo um outro *Che* que tentava voltar ao tema e afirmou que pretendia agora ouvir outras vozes, vozes mais jovens, além daqueles que haviam falado e cuja perspectiva ele já anotara. Manteve-se o silêncio e, embora sem ter a certeza, o Coordenador interpretou-o como se a assembleia sopesasse os prós e os contras de acrescentar algo à intervenção dos *Ches*. Fazê-lo era de certa forma corrigi-los ou, no mínimo, completar aquilo que diziam. Das maneiras mais sutis se insinua a ideia de subversão.

Enfim, um camponês lá acabou por levantar-se para voltar aos problemas de transporte, e o Coordenador pensou que jamais se libertariam dali. Mas o homem fê-lo de um ângulo e uma natureza inteiramente diferentes.

— *A Aldeia cresceu muito e a construção de casas* gastou *quase todas as árvores ao redor.*

Foi isto que o camponês começou por dizer. Agora era forçoso ir muito longe para encontrar árvores que prestassem, cujo abate valesse a pena. Intermináveis caminhadas. E, depois, não havia meios para transportar essas árvores de volta à Aldeia. Em resultado a construção de casas era agora muito lenta, muito difícil.

Seguiram-se murmúrios anuentes, como se uma espécie de onda de calor tivesse descido sobre a multidão. Entrechocavam-se as ideias e as opiniões, alvitravam-se soluções, muitas delas fantasiosas. Falou-se também, durante um tempo, de outras questões relacionadas, como a falta que as árvores faziam para a construção de uma Maternidade. As coisas andavam. Os membros da

Brigada apontavam freneticamente nos seus cadernos, e filmavam e fotografavam em volta: bocas abertas para expressar opiniões, dedos levantados para vincar ideias, olhares brilhando de interesse naquilo que se dizia. Daí seguiu-se para a falta de enxadas para trabalhar, a falta de produtos nas cantinas, a falta de dinheiro para os comprar e, evidentemente, o flagelo da fome. Sim, não havia cantinas, não havia comida nas cantinas, não havia dinheiro para comprar comida. Faltavam sementes, a caça era cada vez mais rara e difícil, fugia para longe com as árvores. Sofria-se muito. Fome.

O Coordenador retomou a palavra para atender às preocupações levantadas, que fora também ele apontando num papel. Abordou apenas levemente a questão dos *Ches*, dizendo que tudo melhoraria quando a estrada melhorasse. Passou depois ao tema da construção, aquele que lhe interessava mais e que a Brigada já previra e discutira de antemão, deixando as outras questões para mais tarde. Cada coisa no seu tempo.

— Estamos todos à procura lá longe, mas a solução está mesmo aqui, debaixo dos nossos pés.

Foi isto que começou por dizer, procurando conferir às suas palavras uma entoação dramática. E prosseguiu. Havia barro em toda a parte, era com ele que alguns dos camponeses faziam as louças, as panelas (não perdia os *Ches* de vista, apesar de tudo). Havia também muita água. O barro servia para muito mais do que apenas o reboco das casas ou o fabrico de panelas. O barro servia para fabricar tijolos e com eles construir casas sólidas, capazes de suportar o vento e a chuva. Nem só de árvores se faziam as casas, rematou.

Um murmúrio de assentimento percorreu a multidão, como se cada um pudesse ter a ousadia de sonhar com uma casa de tijolo para si próprio, uma vida nova. Alguns sugeriram locais onde o barro era melhor, outros mencionaram experiências de lugares que haviam conhecido nas suas viagens, experiências que podiam muito bem ser adotadas aqui. Explicavam demoradamente as suas ideias e eram ouvidos com paciência. E foi num ambiente de certo otimismo que a reunião, já longa, se aproximou do fim.

9

Dias mais tarde, quando vieram dizer-lhe que estava um pequeno grupo à porta para falar com ele, ocorreram ao Coordenador algumas possibilidades. Pensou no zunzum que circulava entre os membros da Brigada, dizia-se que Mafambisse rondava a mulher do professor da Aldeia. Havia que chamar o carpinteiro à ordem, cedo ou tarde surgiria ali um problema, pensou. Mas não, quem o procurava era um grupo de jovens aldeãos e pretendiam que a Brigada lhes cedesse a motosserra para construir um palácio. Assim mesmo: cederem a motosserra para construir um palácio! Quem o afirmava era um deles, que se destacou e disse chamar-se Jawad.

O Coordenador admirou-se, tanto com o bizarro pedido como com a segurança do jovem.

— *Sabem o que é um palácio? Para que querem vocês um palácio?*

Jawad ficou em silêncio, como que surpreendido pela reação do Coordenador. Era como se tivesse chegado ali com a certeza de que lhe cederiam a motosserra sem ter de arrostar com a contrariedade daquelas perguntas. Mas, assim que se decidiu a responder, viu-se que não estava ali de ânimo leve. Falou ininterruptamente, de cenho cerrado, como se expulsasse palavras maduras, há muito aprisionadas dentro de si. Sim, ao expressar-se tinha a capacidade de revelar ideias já completas, polidas e articuladas, cheias de clareza. Além de estudada, a lição parecia bem discutida no seio do *Bando* (foi assim que referiu o grupo que vinha com ele). Afirmou que todos eles eram filhos de camponeses que se haviam refugiado na Tanzânia durante a *Guerra do Português*. Há muito que esperavam a prosperidade da independência. Mas, por enquanto, dizia, não tinham trabalho, não tinham dinheiro, a sua vida estava *parada* e não sabiam como sair disso.

— *Parecemos velhos, mas ainda somos novos.*

Os restantes anuíam.

— *Sim, mas por que um palácio?*

Jawad explicou. Certa vez, há muito tempo, sonhara que construía um palácio. Um palácio grande, muito alto, na margem do rio. Um palácio em que morava muita gente, uns em cima dos outros como na cidade. No sonho, ele, Jawad, morava no quarto mais alto e da sua janela viam-se as coisas por cima das árvores até muito longe. Sobre a finalidade desse palácio, era coisa que ainda não descobrira porque no sonho nem tudo é revelado nem tem de ter necessariamente uma explicação. As coisas acontecem simplesmente. Disse-o num tom de desafio. Não tinha dúvida de que o seu sonho prevaleceria sobre as interrogações do interlocutor. E nunca mais esquecera aquela visão. Desde esse dia que ansiava por começar a construção. Entretanto, falava nisso com os companheiros, e, com o correr do tempo, o resto do *Bando* deixara-se empolgar pelas palavras de Jawad e era como se todos também tivessem tido o mesmo sonho. Também eles conheciam o palácio em todos os seus pormenores, também eles morariam no alto como a gente da cidade. Não era ainda um palácio concreto, claro (nunca qualquer deles havia sequer visto um palácio), por enquanto era um palácio construído palavra a palavra em tardes de tédio, sentados à sombra de uma árvore, tardes em que não havia nada para fazer e se deixavam estar a conversar.

Entretanto, as árvores iam-se afastando da Aldeia e era como se o sonho quisesse partir com elas, tornando cada vez mais difícil a ideia do palácio. Até que um dia, já muito recente, chegou-lhes um sinal de que as coisas pareciam querer mudar, de que o sonho podia finalmente acontecer. Andavam eles à caça no mato e ouviram o som agudo de um motor. Aproximaram-se e deram com um pequeno grupo de membros da Brigada, entre os quais Mafambisse, que empunhava a motosserra e derrubava com ela uma árvore. Era a primeira vez que viam uma motosserra, a primeira vez que ouviam o seu zumbido agudo de abelha zangada (passariam a referi-la sempre como o *Motor*). Com aquela arma nas mãos, de luvas grossas de trabalho e óculos de proteção, Mafambisse pareceu-lhes um guerreiro formidável, invencível. Com um leve gesto derrubava uma grande árvore que levara muitos anos a crescer. Nas contas que logo ali levou a cabo, Jawad via o seu *Bando* a avançar mais depressa, muito mais depressa. Com a ajuda do *Motor*, disse, num par de dias serrariam as árvores necessárias para levantar o tal palácio.

O Coordenador ouvia o que ele dizia e também fazia as suas contas. Desde a reunião com o povo que se perguntava qual a melhor maneira de avançar. Com os *Ches* vira continuidade, exigência e recriminação; com as autoridades, uma prudência, um cuidado com a harmonização das diferenças que se traduzia num excessivo pesar de prós e contras que só podia desembocar em indecisão e, portanto, numa mais do que provável imobilidade; e nos olhos do povo, apesar do calor das palavras, notara aquilo que lhe parecera uma certa prudência, timidez, talvez mesmo um adormecimento, uma lentidão (o povo é uma multidão e as multidões levam o seu tempo a acordar e a movimentar-se). Mas com aqueles jovens as coisas pareciam-lhe diferentes. Sentia ali, pela primeira vez, uma manifestação de energia e de vontade. Vontade de fazer coisas, de transformar. Perguntou-lhes se haviam estado na reunião e Jawad respondeu que sim. Então, se tinham estado lá, sabiam que havia poucas árvores para construir o tal palácio. Todo o povo dizia que era preciso ir cada vez mais longe para as encontrar. Eles próprios o tinham dito. Acontece que, com a motosserra — com o *Motor*, como eles diziam — as árvores acabariam ainda mais depressa.

— *Por mais que pareça resolver o vosso problema, o* Motor *só o agrava.*

E sem as árvores o instrumento não servia para nada e o palácio não passaria de uma ideia vã. Portanto, a solução, se quisessem mesmo ir em frente, era usar tijolos para construir o tal palácio, tal como ficara claro na reunião.

Confabularam entre si em voz baixa, um rumor intenso, como se não estivessem conformados com as reservas que o Coordenador manifestara, com as voltas que o seu argumento dava. Depois, Jawad adiantou-se e acabou por dizer:

— *Estamos prontos a fabricar os tijolos.*

E o Coordenador passou a ter a certeza de que naquela disponibilidade havia um caminho. Eles eram as pessoas certas para pôr a ideia em prática. E ali mesmo lhes propôs que se organizassem num grupo formal e elegessem uma liderança para organizar o trabalho e o discutir com as autoridades da Aldeia. Se estivessem dispostos a isso, ele e a Brigada estavam dispostos a ajudá-los.

De fato os jovens já o tinham feito, já se tinham organizado. Ou não seria o *Bando* um grupo organizado e Jawad um claro líder?

Nos dias seguintes Jawad passou a ser presença assídua e o Coordenador pôde conhecê-lo mais a fundo. Prometia-lhe coisas para lhe alimentar a fantasia e manter vivo o interesse, ao mesmo tempo que o sondava para lhe conhecer melhor as intenções. Por seu turno, embora mantendo uma postura algo distante, eivada de uma certa imprevisibilidade, Jawad foi-se abrindo aos poucos. Via-se que também ele se esforçava por jogar aquele jogo, por dar de si uma imagem favorável aos olhos do interlocutor. Certa vez disse que os do *Bando* eram diferentes dos outros jovens da Aldeia, que só pensavam em diversão e em partir para a cidade (haviam visto coisas na Tanzânia e ficara-lhes a vontade de as viver). Eles, não. Sabiam que para ter as coisas era preciso trabalhar, merecê-las.

— *Não temos medo do trabalho.*

Desprezavam os outros, a quem chamavam vadios e *dançarinos*, uma designação enigmática de que só mais tarde o Coordenador apreenderia o sentido. Ou seja, Jawad traçava do *Bando* uma imagem impoluta e, de maneira algo cândida, tentava tudo para que o Coordenador acreditasse nela. Ao mesmo tempo, deixava perceber que nada os faria desistir dos seus intentos. Era esta determinação que de certa maneira interessava ao Coordenador, era com base nela que pensava começar a erguer o projeto da Brigada.

Mas, por outro lado, era preciso ter em conta as autoridades. A negociação com elas punha questões muito mais delicadas. É certo que a Brigada chegara à Aldeia recomendada pelo próprio Governador, o que lhe conferia um certo estatuto e uma inerente margem de manobra, mas os poderes locais, que eram quem decidia no concreto e no imediato, sabiam, na sua aguda intuição, que a aproximação entre a Brigada e o *Bando* estava a pôr à prova as intricadas relações da Aldeia, o delicado equilíbrio das suas forças. O Administrador temia a reserva dos *Ches* — os *Mais-Velhos*, chamava-lhes por vezes — face a uma iniciativa que ameaçava dar poder aos jovens e subverter uma hierarquia muito antiga, consolidada; e, se era certo que um eventual sucesso do empreendimento faria muito pela imagem da Aldeia e também, portanto, pela imagem da própria Administração, por outro lado havia o risco de esse sucesso ser atribuído ao *Bando* (a quem, com alguma distância, chamava *Os Descontentes*), ou mesmo à Brigada, deixando a Administração local à margem do processo. Por isso o

Administrador inventava obstáculos, propunha soluções algo diferentes, desenhava cenários em que figurava gente sua a liderar, ou pelo menos em posições de destaque nas operações. Enfim, o Administrador ia adiando a solução, para desespero de um Coordenador espremido entre a impaciência do *Bando* e esta resistência obstinada e prudente; um Coordenador que procurava salientar os benefícios do caminho que escolhera, não hesitando em referir, sempre que possível, o apoio entusiástico do Governador, referência que tinha algo de real e verdadeiro, mas também muito de fantasia (se exagerava era por uma boa causa, dizia de si para si).

Passou-se assim um tempo longo em que o Administrador hesitava nos prós e nos contras da sua decisão. Mas, por fim, embora relutantemente, lá acabou por autorizar que as coisas fossem em frente, e o ambiente mudou. Os dias passaram a ser de apaziguamento, serenidade e confiança. Jawad sorriu pela primeira vez em muito tempo, deixando abrir-se uma expressão que até aí parecera de perpétua dureza.

Escolheu-se um local para o estaleiro onde se fabricariam os tijolos, suficientemente amplo e plano, dotado de um sólido filão de argila e situado na margem do rio, portanto com água facilmente ao alcance e onde haveria sol suficiente para secar os tijolos e sombra suficiente para que essa secagem fosse lenta a fim de se evitar, dizia o *Seisdedos*, que os tijolos ganhassem rachaduras. Verificaram tudo isto cavando buracos com a enxada, em busca da argila. Observaram a incidência solar e o sentido dos ventos. Testaram a mistura de areia, argila e água em percentagens variadas, para avaliar da plasticidade e da elasticidade do barro e achar a ligação mais adequada entre os três elementos. Enfim, capinou-se o mato ralo do local, alisando o chão, retirando pedras com o ancinho e tudo o mais.

A situação era francamente promissora. Além de tudo isto o local não distava muito do penedo onde, dizia a lenda, Samora e Josina se haviam sentado a descansar na margem do rio Lussanhando, no decorrer da longa e já histórica marcha para Sul, de conquista da independência do país. De alguma maneira, pensou o Coordenador na altura, esta proximidade mostrava-se auspiciosa.

Entretanto, Mafambisse serrava e pregava tábuas para produzir duas dúzias de formas de madeira, umas caixas de pouco mais que vinte centímetros por dez, sem tampa nem fundo, com pegas laterais, que serviriam para moldar a massa de argila dos blocos. E num curto espaço de tempo já havia jovens a amassar o barro com os pés e com grandes pilões ao som de canções de sabor guerreiro, mais jovens acocorados a moldar os blocos, e estes alinhados no chão do estaleiro a secar, protegidos do sol direto por uma camada de palha.

Em seguida, havia que cozê-los.

10

Coube a Hermeto — conhecido pelos companheiros como *o Viajante* por fugir a deter-se muito tempo no mesmo lugar ou sequer no mesmo assunto — coube-lhe a ele, dizia, viajar pelas aldeias para recolher experiências de construção dos fornos da região. Havia que alicerçar as soluções no conhecimento popular, ditava o princípio seguido na Brigada. Só assim essas soluções podiam ser duradouras. *Contar com as próprias forças.* Era nos fornos populares que se cozeriam os tijolos. Além disso, o Coordenador deixava ir Hermeto para manter a tensão do grupo num nível baixo (para não ter por perto quem estivesse sempre a sobressaltá-los com a ideia de novas partidas e novos assuntos).

E Hermeto partiu no *Land Cruiser* da Brigada e percorreu o distrito perguntando onde havia fornos, falando demoradamente com os ferreiros que os construíam e utilizavam, anotando tudo num pequeno caderno que levava sempre consigo, cheio de frases soltas, desenhos e rabiscos que só ele sabia interpretar. Em Chilolo viu um forno atarracado, perfeito, mas muito pequeno para o fim que tinham em vista e difícil de tornar maior sem alterações de fundo; em N'kalapa havia um forno enorme, mas algo frágil, pelo menos de aspecto (tinha as paredes cheias de fissuras); enfim, perto de M'sawize havia um forno diferente de todos os outros, original, mas de eficácia duvidosa, um forno que segundo o seu autor seguia uma *técnica estrangeira*, técnica essa que Hermeto classificou no seu caderno como delirante. Uma coisa todos estes fornos tão diversos tinham em comum, escreveu ele: estavam frios, desativados, por falta de ferro com que trabalhar. E os ferreiros diziam-lhe invariavelmente:

— *O ferro acabou!*

E ele comprovava-o quando atravessava os campos ao redor das aldeias e via os camponeses tentando cavar a terra dura do chão com paus bicudos a fazer de enxadas, paus que era necessário estar sempre a aguçar com as catanas para poderem esgaravatar o chão. Não havia ferro com que fabricar enxadas, as catanas eram um bem precioso, só um instinto muito antigo levava aquela gente a prosseguir no trabalho da terra.

Entretanto, enquanto Hermeto viajava novos acontecimentos vinham perturbar o funcionamento da Brigada e a placidez da Aldeia. Certa noite, despertados por ruídos estranhos, *Seisdedos* e Daniel, o cozinheiro, evitaram à justa um assalto ao armazém. Quando acorreram ao local o cadeado estava destruído e a porta arrombada, mas felizmente que os assaltantes não tinham tido tempo de levar o seu propósito até ao fim. A chegada dos dois tinha-os posto em fuga, embora sem deixarem um rastro que pudesse levar a descobrir quem eram. *Seisdedos* viu apenas uns vultos que corriam, Daniel uns sons perdendo-se no escuro. Dentro do armazém havia umas caixas reviradas à pressa, a motosserra *Husqvarna* estava largada no chão, espreitando do saco de lona que costumava envolvê-la. E por este indício o Coordenador soube de imediato quem eram os autores do assalto e o que pretendiam, uma certeza confirmada no dia seguinte, no estaleiro, onde Jawad e o resto do *Bando* cumpriam em silêncio as suas tarefas, mas de olhar baixo, evitando cruzá-lo com os membros da Brigada. O primeiro impulso foi de fazer com que pagassem caro a ousadia, denunciando-os à Administração. Mas o Coordenador matutou. Sabia que de nada serviria confrontá-los diretamente, tinha a certeza de que negariam sempre, além de que fecharia desta maneira o único caminho que tinha. Havia por isso que optar por outra solução.

Foi nesta altura que Hermeto regressou a Mavago sem planos concretos de um forno que servisse, mas trazendo, como sempre, novas ideias. Como que desinteressado dos tijolos que era necessário cozer, *viajava* já para o problema da falta de alimento dos fornos dos ferreiros e pretendia encontrar matéria para eles poderem trabalhar, explicava ao Coordenador, cheio de entusiasmo. E apresentava a solução: dizia-se que em Nampula havia um cemitério de carros militares portugueses, sucata que ficara da guerra colonial, certamente que ali encontrariam velhos feixes de molas, lâminas de ferro que serviriam para aquilo que tinha em vista. Desde a altura em que haviam atravessado o rio Luatize, integrados na coluna do Governador, que a visão dos fragmentos de carros militares espalhados pelo mato trazia qualquer coisa que ficara adormecida no espírito da Brigada, como se fosse uma semente à espera de água e calor para poder germinar. Sim, podia ser esta a solução, insistia o *Viajante*.

— *Trazer o ferro das sucatas!*

O Coordenador sentia que estavam sempre a fugir do assunto principal. As perspectivas multiplicavam-se sem que nenhuma delas avançasse por aí além. Havia os tijolos com o *Bando*, o pedido das autoridades para a construção da Maternidade, o projeto de uma horta comunitária e outras ações de contornos vagos, sem que nenhuma destas ideias se mostrasse ainda capaz de deixar uma marca indelével na Aldeia. Era necessário concluir o que começavam, de outro modo corriam o risco de perder o controle das coisas e o sentido da presença ali, pensou o Coordenador, e disse-o a Hermeto.

— *É preciso manter o foco!*

Mas, por outro lado, os companheiros acusavam-no de perder ele próprio muito tempo sopesando os prós e os contras de cada decisão, fosse ela qual fosse. Acusavam-no de estar a ficar como as autoridades da Aldeia, apertadas entre a urgência do clamor popular e a demora de eventuais decisões vindas de cima, da capital da Província. Também ele hesitava, aproveitando-se de todos os pretextos para continuar a fazer contas mentais cujo resultado era ir adiando as coisas. E apesar de tudo não podia deixar de reconhecer que a ideia de alimentar os fornos dos ferreiros, embora temerária, trazia qualquer coisa dentro dela, além de travar uma espécie de fluxo regressivo (não havia tijolos por falta de forno, não havia forno por falta de ferro etc., até à inação total). E foi este raciocínio que o levou a aceder ao pedido de Hermeto, que o deixasse partir sem demora para Nampula. Porém, recorrendo a uma espécie de instinto, o Coordenador impôs como condição que Hermeto levasse Jawad.

Os motivos desta inesperada exigência eram complexos. Vimos já que o Coordenador queria o *Viajante* em movimento, se possível acompanhado, para haver quem testemunhasse as suas ações. Por outro lado, o

Coordenador, sabemo-lo, repensava a relação com o *Bando* após a tentativa de assalto ao armazém e intuía que a ausência de Jawad impediria, ou pelo menos atenuaria a radicalização dos jovens. Jawad era o mais veemente de todos, o mais impaciente e apressado, e aquele que eles consideravam ver mais claramente o caminho do futuro. Sem o líder natural seria maior a dúvida dos seguidores acerca de como avançar. Amadureceriam as suas atitudes. Finalmente, talvez a experiência da cidade e das suas luzes fizesse com que Jawad passasse a ver as coisas com outros olhos. Em suma, eram estas as linhas que orientavam a decisão do Coordenador.

E assim, os dois, Hermeto e Jawad, partiram na longa e difícil viagem para Nampula através de florestas cerradas e estradas intermináveis, quase desfeitas pelas raízes das árvores e pelas águas dos rios e da chuva. Sobre o que falaram nas longas horas de viagem em que estiveram lado a lado, pouco disseram e pouco se sabe. No regresso, duas semanas mais tarde, pode dizer-se que ambos tinham colhido benefícios, cada um à sua maneira. Jawad descobrira um mundo mais vasto para lá de Mavago ou do campo de refugiados onde cresceu. Surpreendera-se com a cidade, com as luzes e os carros, enfim, vira coisas que antes nem sabia que existiam. Embora não o dissesse a Hermeto abertamente, é natural que a experiência apoucasse a grandeza dos seus projetos anteriores, tal como o Coordenador previra, um palácio afinal tão mais modesto se comparado com aqueles prédios iluminados e reais onde as pessoas viviam umas por cima das outras (foi assim que mais tarde os descreveu aos seus companheiros deslumbrados). Enfim, quanto a Hermeto, fez a viagem de volta num jipe quase rastejante, carregado até não mais poder de lâminas de ferro de *Berliets* e *Unimogs* antigos e de outros objetos de ferro que achou utilizáveis.

Semanas mais tarde, andando pelo mato, o *Viajante* alegrar-se-ia com o fustigar vigoroso dos martelos nas forjas fabricando enxadas e catanas, um som agudo que ressoava a grandes distâncias e se confundia com a voz dos pássaros.

11

Entretanto a Aldeia não ficou refém da ausência dos dois viajantes. Quando estes regressaram o forno dos tijolos estava pronto e em funcionamento, em grande parte devido à arte e ao empenho do *Seisdedos*, que o edificou seguindo um plano discutido por todos, não se coibindo porém de escolher caminhos próprios com base na sua experiência sempre que as sugestões lhe pareciam duvidosas.

Era uma estrutura abobadada em tijolo cru, grosseiramente rebocada com barro e de aspecto resistente, apesar dos comentários algo céticos de Hermeto quando chegou, enciumado por não ter sido ele a levar a cabo o empreendimento. Os fogos inaugurais, quando da cozedura dos primeiros tijolos, tinham-lhe aberto as cores, o cinzento das paredes transmudara-se num laranja cada vez mais claro, pintalgado aqui e ali por manchas escuras do barro queimado e da fuligem.

Era um forno alegre, que espalhava no estaleiro um otimismo que era também reflexo da maneira de ser do pedreiro que o construíra.

Ao mesmo tempo cresciam no chão as primeiras filas de tijolos alinhados a secar (*tijolos experimentais*, chamavam-lhes), saídos das formas dos jovens do *Bando*, que desde o nascer do sol se dedicavam com afinco àquela atividade. Conquistavam espaço aberto e quando este lhes faltava cercavam árvores e rochas e ocupavam os recantos. A este ritmo, dentro em breve não haveria espaço no estaleiro onde dispor mais tijolos, pensava o

Coordenador alegremente. Era urgente cozê-los no forno e, depois, dar-lhes um destino. Sim, era esta a maneira de manter viva aquela atividade.

Mas os passos seguintes levantavam questões delicadas que exigiam o maior cuidado. O Coordenador olhava aquele grupo de rapazes que cantavam enquanto amassavam o barro, transportavam latas de água e areia ou moldavam os tijolos, e tirava conclusões que talvez não fossem inteiramente acertadas. Achava que a ausência de Jawad tornara os outros mais dóceis, desprovidos da anterior postura de permanente desafio aos rumos acordados, e por isso regozijava-se com a decisão de o ter enviado com Hermeto a Nampula. Sim, separá-los tornara tanto o *Bando* como o seu líder mais colaborantes, achava ele. Mas da maneira como as coisas iam correndo, o Coordenador começou a suspeitar que não era ele o único a fazer contas, que também eles fariam as suas. Também o *Bando* pensaria no passo seguinte, no rumo que as coisas forçosamente teriam de tomar. Sentia-o até por os ver conversando animadamente à sombra de uma árvore, nos intervalos de descanso. E quando, pressionado pelo próprio processo, falou na necessidade de trazer grandes quantidades de lenha para pôr o forno a funcionar a fim de se dar início à queima dos tijolos em grande escala, o semblante dos jovens iluminou-se e ele imediatamente percebeu a razão. Ouviam já o rugido do *Motor* que, como uma fera, saía da toca para morder tudo em volta no espaço da floresta. Voltavam à ideia da espada mágica que faria deles poderosos e imbatíveis vingadores. Sim, aguardavam com impaciência a chegada de Jawad e a entrada em cena da motosserra para que tudo acontecesse como estava destinado. No fundo, embora andassem por ela todos os dias, achavam que a floresta servia apenas para esconder aquilo que procuravam. Assim que as árvores todas fossem abatidas restaria da floresta uma superfície vazia e limpa, incapaz de esconder segredos. Era nisto que acreditavam embora não o formulassem desta maneira, concluiu o Coordenador. Ou então, talvez tudo isto não lhes passasse sequer pela cabeça e se maravilhassem apenas com a possibilidade de, sem qualquer esforço, como que por magia, remover da frente todos os obstáculos que ousassem interpor-se entre eles e a felicidade. Sim, era isto, esta maneira de ver adolescente, que fazia perigar a floresta.

Assim que o percebeu, o Coordenador tratou de retroceder. Empenhou-se a fundo em refrear os ânimos do *Bando*, em explicar-lhes que era necessário avançar mais devagar. A floresta era de todos, não apenas deles, e não era inesgotável. Não fazia sentido entrar por ela adentro abatendo árvores a torto e a direito. Que tivessem em conta as distâncias que era agora necessário percorrer até achar troncos que valesse a pena transformar em postes que segurassem de pé uma casa; distâncias bem maiores que no passado, e sê-lo-iam ainda mais no futuro próximo, isso se ainda houvesse árvores, concluía sombriamente. Portanto, havia regras a seguir, não podiam fazer as coisas sem pensar nas consequências. Era necessário encaminhar um pedido às autoridades do Distrito, elas teriam com certeza um plano florestal e havia que respeitá-lo. Elas indicariam onde abater as árvores, e quantas.

Quando Jawad regressou as coisas estavam neste pé, os rapazes do *Bando* numa espera tensa, o Coordenador atento ao que faziam e, se possível, ao que pensavam (mandara mesmo reforçar a segurança do armazém com um segundo cadeado). É certo que eles prosseguiam com o trabalho de amassar barro e moldar tijolos com grande vigor, e que, à chegada, Jawad ostentava o otimismo de quem acabava de ver a cidade pela primeira vez (as luzes e os prédios altos brilhavam-lhe ainda nos olhos quando contava aos companheiros o que havia visto). E o Coordenador, preso às suas constantes análises e sequioso de paisagens otimistas, deu por si a achar que desta feita seria Jawad a moderar-lhes os ânimos e que o momento era propício para acelerar as coisas e tratar de obter a autorização do abate de árvores na floresta. Rapidamente o conseguiu, o que não constitui uma surpresa por aí além. Afinal, o pedido trazia implícito o reconhecimento de uma hierarquia que era importante para os poderes locais, num contexto em que esses mesmos poderes tinham magros recursos além da força para fazer valer a sua autoridade. O pedido era um sinal de que eram respeitados.

Chegou enfim o dia em que se passaria das palavras aos atos. Com a autorização nas mãos, a expectativa era grande. A da Brigada, de ver as coisas tomarem um rumo certo; e a do *Bando*, por sentir que o palácio começaria em breve a levantar-se do chão e também, talvez, na mente sempre desconfiada do Coordenador, por se imaginarem simplesmente de *Motor* em punho derrubando as árvores em volta. Quase se poderia dizer, imbuídos de uma certa ironia, que os jovens teriam finalmente em mãos a arma moderna capaz de castigar a floresta.

Por isso foi grande a surpresa do *Bando* quando, chegados ao local indicado, constataram a ausência do *Motor*. Sim, eram apenas Mafambisse e Abdala empunhando os seus machados (no dia anterior, rodeado de um certo secretismo, Hermeto partira para Lichinga, a capital da província, levando na caixa do *Land Cruiser*, embrulhada numa lona, a motosserra). Embora o Coordenador olhasse agora a motosserra como um instrumento perigoso que era melhor ver longe dali, não foi isso que disse ao *Bando*. Disse-lhes simplesmente que o *Motor* estava avariado e fora levado para a capital a fim de ser reparado.

12

Coube a Hermeto levar a motosserra para longe dali, já se disse. Meteram-na furtivamente na caixa do jipe, atrás de um par de tambores de combustível que levavam para encher na capital. Ao mesmo tempo, viajavam também dois companheiros da Brigada ligados ao cinema, de que se falará adiante. Com eles iam ainda dois velhos *Ches* e um acompanhante, com um lote de panelas de barro para vender na cidade. Iam agachados na caixa do jipe, junto da mercadoria. Embrulhados nas suas mantas grossas, mantiveram-se imóveis durante a viagem, parecia que o que ali ia eram pequenas e magras esculturas de madeira encostadas a um canto.

Os *Ches* haviam solicitado a boleia à última hora, nas vésperas da partida, já noite cerrada. Hermeto resmungara, tinha a traseira do jipe muito cheia e arrumada, tudo apertado para não sacolejar pelo caminho, mas o Coordenador fora firme em anuir ao pedido. Desconfiado que era, via ali um teste, como se uma eventual recusa contribuísse para alimentar a espécie de antagonismo cujos traços sentia no ar desde que se formara a cooperativa dos tijolos. Não, não iria aprofundar o fosso que achava já existir entre os *Ches* e a Brigada.

A viagem foi a mesma que os havia trazido até ali na coluna do Governador, mas em sentido inverso, claro. Na aparência, o mesmo percurso, mas resultando numa experiência inteiramente diferente: um regresso ao conhecido não é a mesma coisa que a partida para longe dele, traz consigo uma ansiedade de um tipo novo. Foi também uma viagem feita no final da estação das chuvas, com tudo o que isso implicava: rios mais grossos, lamas mais líquidas e uma estrada da qual por vezes só não se perdiam, diluída pelas enxurradas, porque Hermeto, como sabemos, se transformara nos últimos meses num experiente viajante. Finalmente, distinguia ainda as duas viagens o fato de terem dentro delas o sabor do acaso, sempre diferente, e ali também sempre poderoso. Várias vezes estiveram a ponto de regressar e só não o fizeram porque na Aldeia as reservas de carne e combustíveis da Brigada estavam no fim e o abastecimento tinha de ser feito a todo o custo. E era esse acaso, a incerteza entre o regressar e o prosseguir, aquilo que surgia inesperadamente em cada curva do caminho, aquilo que alimentava as histórias que Hermeto trazia quando regressava, sempre também elas diferentes.

Desta feita foi uma grande ave com que depararam por alturas da pedra do LiZimbabwe, um pássaro enorme plantado a meio da picada, com uma envergadura que o levara a ficar quase indiferente à presença do jipe, disse o *Viajante*. E isso obrigou-os a parar e a tocar a buzina. Para levantar voo o pássaro levara uns bons dez metros em corrida, com as patas galgando chão como se fosse uma grande aeronave rolando na pista, ganhando balanço. Tendo deixado o chão, subiu devagar ao sabor de um esforçado bater de asas que deslocava o ar em volta, agitando as folhinhas do *miombo* e provocando um som surdo que fazia lembrar uma distante trovoada. A direção que tomou, viu ele por entre as árvores, era a do mundo que existia no cimo da grande pedra.

Claro que mais tarde este episódio deu origem a inúmeras interpretações ao redor da fogueira. Para uns o pássaro só deixou a viagem prosseguir porque levavam ali os *Ches*, querendo com isso dizer que estes eram agentes poderosos de forças muito antigas e enraizadas, enquanto para outros, zombando dos pobres velhos, as aves desobedeciam aos poderes deles e pertenciam ao planalto mágico que existia no topo da grande pedra, independente da revolução tal como fora independente do colonialismo no passado e, mesmo, de forças anteriores a ele. A ave havia descido para ver de perto quem eram os forasteiros e o comunicar aos poderes lá de cima. Riram todos e o episódio ficou por esclarecer como acontecia quase sempre com as fantásticas histórias de Hermeto, afastado por novas histórias e acontecimentos que surgiam todos os dias. Mas enquanto isso não aconteceu quedou-se cada um a imaginar a seu modo o voo do pássaro.

13

Entretanto, na Aldeia, o caminho para aqui chegar foi como sabemos sinuoso. Os *Ches* disputaram o barreiro ao *Bando*, afirmavam que o haviam descoberto primeiro, que há muito colhiam ali o barro das suas panelas que agora os jovens pretendiam roubar. Não o permitiriam. O *Bando* reagiu com vivacidade, argumentando que o chão era de todos aqueles que o pisavam e não apenas dos *Mais-Velhos*. Os *Ches* subiram o tom para resolver a contenda, convocando o Partido e o Administrador. Felizmente que o veio era grande e que o *Bando* acabou por se mostrar prudente. Cedeu sem ser prejudicado, isto é, abandonou aquele local e escavou uma centena de metros adiante, apregoando que o novo veio era ainda melhor. Tendo mais energia e uma vida inteira pela frente, sentiam que no longo curso eram eles, não os *Ches*, quem sairia a ganhar. E com o barro novo e restos de resmungos dos velhos, continuaram a misturar a massa, a moldá-la em tijolos, a secá-los no estaleiro e a cozê-los no forno com a lenha autorizada, tudo isso a bom ritmo, malgrado as chuvas. Sim, sentiam que o tempo jogava a seu favor.

E de fato assim era. Logo que as primeiras pilhas de tijolos começaram a tingir de laranja vivo a paisagem junto do rio, cresceu o assombro popular e, na mesma medida, a reputação do *Bando*. Comentava-se que a Aldeia já tinha uma fábrica, que dentro em breve haveria prédios de cimento, casas para todos. Alguns diziam que os jovens do *Bando* eram muito ricos, começava-se inevitavelmente a falar em feitiçaria. Jawad sempre foi estranho, já no campo de refugiados onde nasceu mostrava que não era uma criança normal; tinha um certo brilho nos olhos, falava sozinho; aqui só estava a dar continuidade ao que lá iniciara, trazia o plano de desunir a comunidade com os seus feitiços, o melhor era ter-se cuidado. Tudo isto eram coisas que se diziam, rumores que se espalhavam, mas havia também quem o defendesse, quem achasse que com os tijolos os jovens estavam finalmente a ganhar juízo, a fazer coisas úteis para todos. Falava-se em progresso, no tal *desenvolvimento*.

Com o surgimento dos tijolos na paisagem, não tardou que as Autoridades da Saúde se fizessem presentes com uma requisição por escrito para a construção da Maternidade que há muito a população da Aldeia vinha solicitando. Segundo elas, a iniciativa beneficiaria a comunidade inteira e, portanto, todos deviam colaborar. Uns carregariam a palha para a cobertura, outros os toros de madeira, ao *Bando* cabia fornecer tijolos para as paredes.

E regressou a tensão. Jawad, inteligente, não respondeu diretamente à requisição, levou-a antes ao Coordenador da Brigada e com isso, pelo menos provisoriamente, lavou as mãos do problema, que passava agora a situar-se entre a Brigada e as Autoridades. Recorrendo mais ou menos ao mesmo método, o Coordenador evitou a Direção da Saúde e foi levar o problema diretamente ao Administrador. Argumentou junto deste que apropriar-se simplesmente dos tijolos, mesmo que por uma boa causa, significaria matar a galinha dos ovos de ouro. Os jovens voltariam à situação anterior, revoltados, e desistiriam do trabalho. E de certeza que os tijolos que havia eram insuficientes para terminar a Maternidade. Não.

Havia que fazer as coisas de outra maneira. A Direção da Saúde tinha um orçamento, devia aplicá-lo na compra dos materiais de construção da Maternidade, incluindo os tijolos. O Coordenador, por seu turno, convenceria o *Bando* a fazer um preço bom. Dispunha as coisas partindo do princípio de que ele e as Autoridades se situavam no mesmo lado e o problema estava em convencer o *Bando*, tal como junto do *Bando* afirmava que a questão estava em convencer as Autoridades. Apresentou mesmo um modelo de contrato desenhado para conferir uma espécie de dignidade institucional ao *Bando*, mencionava preços por unidade que pareciam bons às Autoridades e totais que enchiam os olhos de Jawad e dos companheiros. E, por outro lado, explicitava as obrigações do *Bando*, as regras a cumprir quanto ao abate de árvores para queimar no forno, prazos a observar e por aí fora, cláusulas que salientavam o domínio do processo por parte das Autoridades. O Coordenador providenciou mesmo uma garrafa de espumante para a cerimônia pública da assinatura do contrato, e tudo se resolveu: o Diretor da Saúde e Jawad assinaram como responsáveis, o Administrador e o Coordenador fizeram-no na qualidade de testemunhas.

E a partir daqui o *Bando* parecia um pouco mais protegido, como entidade que fornecia materiais para um projeto oficial; e a Brigada um pouco mais enraizada, contribuindo com a sua ação para transformar a realidade da Aldeia no sentido do progresso. Finalmente, as Autoridades locais mostrariam ao Governador que as coisas estavam de fato a mudar, que se erguiam obras e se avançava.

Sob a orientação do *Seisdedos* e a colaboração de um grande número de voluntários da Aldeia (e do chá que Daniel pontualmente distribuía), depressa as paredes começaram a subir e a Maternidade foi tomando forma, virada para um grande largo em pleno coração da Aldeia e recortada contra o arvoredo que crescia na distância. Aparentavam todos estar contentes, ficavam todos a ganhar.

14

O *kudu* levantou a cabeça e, embora continuasse a mastigar, fê-lo cada vez mais devagar até que o maxilar se imobilizou por completo. Era agora uma estátua. Apenas os olhos mexiam, examinando a floresta em busca do que quer que fosse que havia perturbado um cenário perfeito em que tudo estava quieto nos seus lugares e ele pastava um tufo de capim suculento. *O que é isto?* Escutava, procurava ver. Podia ter sido um som fortuito, nada mais que o estalar de um ramo. Ou então não mais que uma ligeira alteração daquela luminosidade esverdeada e penumbrosa em que tudo estava mergulhado, por obra de uma sacudidela da brisa no arvoredo ou do movimento de uma nuvem que antes tapava o sol. Mas por outro lado, talvez fosse mais do que uma mera impressão. Algo que segundo o seu instinto agudíssimo podia significar perigo iminente.

Nesse mesmo instante o pisteiro levantou a mão e imobilizou-se com ela no ar, o passo a meio, interrompido. Também ele pressentira que algo perturbava o equilíbrio em volta e o seu gesto era como se quisesse parar o tempo nesse instante, com tudo o que este tinha dentro, para desse modo poder estudar o que fazer a fim de garantir a antecipação. Sim, o tempo deixara de escorrer e, embora guardasse todo o seu potencial, a ação não existia ainda, não passava ainda de uma ideia. Ninguém se mexia; era como se todos, caçadores e presa, e tudo em volta, tivessem sido atingidos por uma espécie de encantamento que os tornava imóveis, um feitiço.

E o pisteiro não precisou de apontar. Suleimane, o caçador, entendeu de imediato. Lentamente, levantou a velha espingarda e ao mesmo tempo que procurava na direção apontada ia já afinando o tiro. Os outros, de respiração suspensa, acabaram por reparar também eles no magnífico antílope, em contraste ainda fraco com tudo o que o cercava: um macho cinzento no meio do acinzentado da floresta, com riscos brancos no dorso como se os raios de luz que penetravam por entre as árvores perdessem a rigidez e viessem pousar-lhe suavemente no lombo, atravessados. Foram estes riscos claros que o traíram, eles e os dois cornos espiralados que existiam para isso mesmo, para chamar a atenção das fêmeas e, agora, para o trair perante os caçadores, dois arabescos escuros e altivos contrastando com a pequena mancha azul de céu que tinham por trás, assim que o *kudu* se moveu ligeiramente para ouvir melhor e isso o expôs.

Teve então a certeza. Levantou o focinho e emitiu um respiro grosso, por se sentir descoberto. Ao mesmo tempo a pupila negra sobressaía agora intensamente contra o branco de puro terror que lhe inundou os olhos. Soube-se perdido. E nesse instante soou o tiro de

Suleimane, um estalo seco e cru, estranhamente quase desprovido de eco, seguido do som surdo da queda do animal abalando os alicerces da terra.

Vieram todos ver o corpo imóvel: o Coordenador, o *Viajante*, o *Angolano* disparando incessantemente as suas máquinas e Parker seguindo tudo ligeiramente inclinado para a frente, de *Canon* em punho como se fosse também ela uma arma, o olho direito colado ao visor. Havia ainda mais três ou quatro aldeãos que tinham vindo para ajudar o caçador. Suleimane e o pisteiro ficaram um momento a estudar o animal sem dizer nada (sem dúvida faziam já certas contas). Depois, viraram-se ligeiramente, não resistindo à vaidade de uma pose junto da sua presa enquanto as máquinas eram disparadas.

Quanto ao *kudu*, tinha ainda a surpresa estampada no olhar escancarado porque, ao contrário do que aconteceria se fosse o caso de um humano, a ninguém ocorreu descer-lhe as pálpebras para que pudesse assim encerrar-se na sua própria morte. Sim, deixaram-no despudoradamente exposto, aberto ainda ao mundo, como se todos tivessem o direito de espreitar através dos dois postigos dos olhos esse momento tão privado e tão definitivo. Pendiam-lhe da boca entreaberta, juntamente com a língua abandonada, úmidos fragmentos de folhas, rebentos e talos, da mastigação interrompida. Perdera o porte. Assim deitado e descomposto, os chifres pareciam longos ramos quebrados e as pernas compridas e magras contrastavam com o tronco maciço, desprovido agora da elegância da forma, um amontoado de carne com mais de duzentos quilos. Perto, sentia-se o cheiro forte daquele corpo, um suor selvagem com um traço almiscarado. Punha-se a mão no pelo, que ao longe brilhara como seda pura, e era agora uma cerda rija, quase picava, e todo o corpo emitia um certo tremor de vida que já não era vida, mas antes uma inércia ainda morna que rapidamente se escoava. Ao mesmo tempo o brilho das riscas brancas das costas ia embaçando até ao ponto de pouco se distinguir do castanho-acinzentado do resto, revelando o quanto desse brilho fora ilusão.

No meio das cantorias dos caçadores, os da Brigada ajudaram a transportar o animal para o jipe e a embrulhá-lo nos sacos úmidos de serrapilheira que haviam já servido para transportar outras carnes em outras alturas, e que por isso pareciam reter uma escura e inextinguível umidade. E quando iniciaram a viagem de regresso o *kudu* já não existia, era apenas carne, e para trás ficava não mais que uma pequena mancha escura, do pouco sangue que se desperdiçara e embebera o chão. Em breve ninguém diria ter ali acontecido o que acontecera. Dissolvido aquele momento de extrema violência, a floresta voltava a ganhar a sua lírica serenidade.

De volta à Aldeia, passou-se o resto da tarde na divisão da carne. A discussão era quase ininterrupta, por vezes acalorada, mas de cada vez que se chegava a uma conclusão sobre algum dos passos dados pronunciava-se em coro uma espécie de fórmula de anuência e aquele capítulo ficava resolvido. Primeiro atribuíram-se ao *Nduna* do lugar onde o *kudu* havia sido morto as pernas que ficaram a tocar o chão quando o animal tombou e que, portanto, lhe cabiam por direito; a cabeça, com todo o seu conteúdo, incluindo olhos, miolos e língua, ficou reservada para o Administrador por ter sido ele a autorizar a caçada e ter cedido a arma e as cinco balas à Brigada. À medida que se decidiam estas coisas, eram emanadas as respectivas ordens e o caçador Suleimane e o pisteiro, debruçados sobre o monte de carne, iam cortando com machado e com catana. De vez em quando os cortadores paravam com os instrumentos no ar, recobrando o fôlego e aguardando que da discussão saíssem instruções mais claras que lhes permitissem prosseguir. Perto deles, o sapateiro rondava na esperança de conseguir no fim umas sobras de pele para as suas tiras. E embora o sangue tivesse sido também recolhido com todo o cuidado, havia-o já um pouco por toda a parte, negro e brilhante, luzindo nas faces e nos braços dos cortadores e chegando mesmo em grossas gotas aos que presenciavam o esquartejamento a certa distância. Muito disputados, e por isso objeto de prolongada discussão, foram os intestinos, o fígado, as vísceras em geral. O coração ficou nas mãos do *Nduna*, que discretamente o entregaria ao Régulo, que se encontrava em viagem para os lados de N'kalapa.

Enquanto prosseguiam os cortes e a divisão, avolumavam-se os receios dos da Brigada de que no final pouco lhes caberia. O Coordenador ia afinando mentalmente os argumentos do protesto: fora ele que negociara com o Administrador o empréstimo da espingarda e das balas, fora ele que fornecera o jipe para a caçada, uma caçada cujo propósito inicial era de resto conseguir carne para alimentar a Brigada. Enquanto assistia aos trabalhos estes pensamentos não o largavam. Mas no final os seus receios mostraram-se infundados. Quando chegou a vez da Brigada, coube-lhe grande parte do lombo e as pás traseira e dianteira viradas para o céu, afinal a carne que o Coordenador escolheria ele próprio se no início da distribuição lhe tivesse sido dado escolher. Tudo está bem quando acaba bem, pensou com alívio.

Seguiu-se a festa que por assim dizer *oficializava* a distribuição da carne, com os dignitários sentados em círculo em volta de uma fogueira. Estavam os *Ches* e os chefes de terras, o Administrador e alguns dos seus funcionários, os caçadores e os membros da Brigada. A vozearia alegre e a cerveja de mapira correram soltas. No meio da roda de gente estava montado um pequeno tripé onde a bexiga do *kudu*, pendurada, ia lentamente defumando enquanto as suas umidades pingavam sobre as brasas com um ruído surdo e um leve traço de amônia subia no ar. Com gestos lentos, o *Nduna* ia cortando pedaços que oferecia a cada um dos participantes na ponta da faca. A seu lado, para escapar da generosa oferta, o Coordenador fingia-se ocupado na distribuição discreta de pequenas doses de uísque pelos mais próximos, de uma garrafa que fora buscar à sua reserva pessoal.

15

O cozinheiro Daniel tinha agora carne com que *trabalhar* durante uns tempos, assumindo o ar satisfeito de quem não precisava de passar o dia a procurá-la pelos caminhos intricados da Aldeia. O mesmo ar que tinha quando o carro regressava de Lichinga transportando, além do tambor de *diesel* e dos bidões de óleo de cozinha, além das sacas de açúcar, farinha e arroz, uma caixa cheia de sal com um porco a perder líquidos dentro, embrulhado nas mesmas velhas serrapilheiras que haviam servido de mortalha ao *kudu*. Mas, no fundo, os problemas do abastecimento nunca ficavam resolvidos. Ou porque as viagens eram espaçadas e se esgotava a carne trazida da capital, ou porque as refeições eram difíceis de planejar, espremidas entre as exigências religiosas de alguns brigadistas e as peculiares restrições dos estrangeiros, enfim, havia mil e uma razões que faziam do ato de comer um problema complexo e eivado de conflitos tal como a carne de má qualidade o era de nervuras (houve inclusivamente um caso em que o cozinheiro, brincando no final da refeição, afirmou ter frito os alimentos em banha de porco por se ter acabado o óleo de girassol, e Jamal, o motorista, perseguira-o com uma faca).

Enfim, passado um tempo acabar-se-ia o *kudu*, a carne tornaria a escassear e voltava tudo ao início. A Brigada tinha então de virar-se de novo para a Aldeia. Particularmente visado era um aldeão que dizia chamar-se Rosário embora os vizinhos o tratassem por Braímo. Rosário era um velho Macua solitário e rabugento, católico estridente e por vezes agressivo. Em todas as conversas mencionava com orgulho o fato de ter conhecido um *Cardeal de Roma* que nos anos cinquenta visitara a região. Rosário chegara a apertar a mão e a trocar algumas palavras com o visitante. O Cardeal segredara-lhe na altura que depositava nele o encargo de fazer triunfar o cristianismo naquela terra inóspita e ele levava esse encargo muito a peito. As suas principais ocupações eram contar esta história nas suas inúmeras e sutis variantes e criar uns pequenos porcos pretos e peludos, segundo ele com o propósito de manter os *islâmicos* (e com um amplo gesto do braço abrangia a Aldeia em volta), de os manter, dizia, ao largo. Vivia com os vizinhos uma guerra permanente, muito concreta nos insultos que proferia e nas quezílias que levantava, mas algo imaginária também, não só por se deixar perturbar por hostilidades inexistentes, mas sobretudo porque o *inimigo* respondia ao seu mau humor com fina ironia, tratando-o por Braímo, um nome com ressonâncias islâmicas e que eles asseveravam ser o nome verdadeiro do homem, aquele que lhe tinha sido dado à nascença. Um nome que o punha fora de si.

Nos dias bons era possível fazer-se negócio com ele. Rosário aceitava vender a Daniel um dos seus porcos. Mas nos dias maus, que eram os mais frequentes, expulsava o cozinheiro aos berros, acusando-o de estar conluiado com os vizinhos para lhe enfraquecer o exército de porcos. Daniel, cabisbaixo, virava-se então para as galinhas. Munido de algum dinheiro, ou de sal e açúcar para trocar, ia de casa em casa inquirindo, e regressava com um novelo de galinhas barulhentas presas pelas patas ou com um saco de feijão encarnado. E se este último se tornara tão repetitivo a ponto de muitos, na Brigada, não quererem ouvir falar dele, as galinhas foram pelo contrário rareando, o que as tornava preciosas. Dado o número de brigadistas que era necessário alimentar todos os dias, depressa a Brigada passava a ser designada na Aldeia por um nome impronunciável que despoletava sempre uma sucessão de gargalhadas e que, traduzido, queria simplesmente dizer: "*Aqueles que acabaram com as galinhas.*"

16

Além desta comida comum conquistada por meio de longas viagens, negociações difíceis com os aldeãos ou a violência crua de uma caçada, havia a comida individual de cada membro da Brigada, trazida da capital e guardada ciosamente em malas e sacos arrumados junto às paredes ou debaixo dos beliches, e servindo de recurso privado quando aquilo que se oferecia em coletivo se revelava inadequado ou insuficiente. Se o Coordenador tinha meia dúzia de garrafas de uísque para a diplomacia e os seus hábitos solitários, e um grande número de latas de sardinhas em conserva com que alimentava as negociações mais diversas (as latas de conserva eram olhadas pelos camponeses como um maná dos deuses — dariam tudo por uma delas), Hermeto, mais austero, tinha sempre à mão um saco de *biltong*, umas tiras de carne salgada e seca de que se socorria nas viagens. Cortez era o mais difícil de contentar, tudo o que saía das mãos de Daniel lhe parecia mal: ou porque não sabia assar a carne (Cortez era argentino), ou porque deixava cozer demasiadamente o arroz. E, com um ar desalentado, refugiava-se no quarto na companhia de um tristonho pacote de bolachas ou de umas papas mornas de cereais como as que se dão às crianças. O *Angolano* partia para o centro da Aldeia se sentia alguma falta, normalmente a ter com Abdala, e enganava a fome com os tabacos clandestinos que encontrava. Outros saciavam-se com café e cigarros. Os *práticos* da Brigada tinham uma estratégia diferente. Embora quase sempre com fome, Mafambisse e *Seisdedos* entregavam a sua satisfação às mãos do acaso — de fato, às mãos do cozinheiro Daniel — aceitando tudo o que lhes era posto no prato quase sem protestar, a não ser que lhes parecesse pouco. Quando lhes sobrevinha algum desejo maior do que aquilo que tinham no prato, partiam para a Aldeia e regressavam com um par de mandiocas ou um naco de *nyama choma*, uma carne cuja origem lhes era desconhecida, assada à moda tanzaniana, e sobretudo com umas garrafas de *katxulima*, uma aguardente fortíssima que à medida que o tempo foi passando os fazia andar quase sempre com os olhos avermelhados e um beatífico sorriso. Enfim, Jamal, o motorista, tinha também ligações com gente da Aldeia para aplacar a sua busca permanente de comida *halal* (como se sabe, desconfiava com rancor do cozinheiro Daniel).

Muitas vezes, como hoje, são estes os assuntos que ocupam a mente do Coordenador. Caminha com Abdala, Maurício e o *Angolano* nos arredores da Aldeia. Abdala prometeu mostrar-lhes a sua machamba. O Coordenador aceitou de bom grado o convite, ele e Maurício têm um vivo interesse no cultivo de cada um, procuram entender como *funcionam* a produção de comida e os abastecimentos no seio das famílias. Quanto ao *Angolano*, já se sabe, sempre que pode anda por perto de Abdala. E é sempre a mesma história: caminham, caminham, enquanto Abdala vai dizendo

— *É já ali, depois daquela curva!*

E nunca mais chegam.

— *Já falta pouco, é logo depois daquelas árvores!*

E continuam sem chegar. No caminho, vão eles no terceiro ou quarto adiamento, cruzam-se com um camponês amigo de Abdala, que vem dos lados do mato.

Param para os cumprimentos. O camponês tem na mão, preso por um fio, um pequeno pássaro morto. Acabou de o apanhar. Depois de uma curta troca de palavras despedem-se e retomam a caminhada. O Coordenador vai intrigado com o pássaro. Abdala explica que o homem leva ali o jantar da família, são treze ao todo, contando com as crianças.

— *Vão todos comer o pássaro.*

Abdala diz isto e dá uma risada.

— *Como? E chega para todos? Como o preparam?*

— *Metem-no na panela com água quente, se tiverem sorte com um pouco de sal. Serve para dar gosto à farinha.*

E o Coordenador, com o seu pendor para a divagação, não pode deixar de pensar na generosidade do pequeno pássaro, capaz de alimentar sozinho uma multidão.

Caminham mais, caminham muito. Chegam por fim à machamba de Abdala.

— *É aqui!*

Di-lo com um sorriso orgulhoso.

— *Aqui* sai *feijão, milho, mapira,* sai *também aquele tabaco do* Angolano. *Está escondido ali ao fundo.*

Confia já nos membros da Brigada. Dá uma gargalhada. Caminham pela pequena machamba onde despontam algumas espigas prontas para colher e deparam com um casal magro, de certa idade, sentados os dois em pequenas pedras. Entre eles há uma minúscula fogueira que deixa escapar um risco de fumo para o céu. Há também um cheiro de maçarocas a assar. Aproximam-se e cumprimentam, batendo as palmas:

— *Jambo! Hodi! Hodi!*

O casal responde:

— *Karibu! Karibuni!*

Como se a machamba fosse deles e os quatro recém-chegados não passassem de meros visitantes. *Bem-vindos, sentem-se e comam aqui conosco*, é a mensagem implícita. Abdala conversa com eles brevemente.

— *Habari yako?*

Os velhos respondem:

— *Nzuri!*

Riem os três em conjunto, e no fim os velhos agradecem.

— *Asante sana!*

Abdala retoma a caminhada e os da Brigada vão atrás dele. Continua a descrever o que veem, como se não tivesse acontecido o que acabou de acontecer. O Coordenador está incrédulo.

— *O que lhes disseste?*

— *Perguntei-lhes se o milho estava bom.*

— *Este campo não é teu?*

Abdala acena afirmativamente.

— *E aqueles dois, não estavam a cozinhar o teu milho?*

— *Estavam, sim.*

— *E tu aceitas o fato?*

Abdala ri-se.

— *Sim, eles não estavam a roubar, estavam apenas a comer.*

Roubar seria se levassem as maçarocas para fora da machamba. Eles estavam dentro dela, a comer. Enquanto caminham, o Coordenador e Maurício vão refletindo sobre estas pequenas armas, eficazes, de que a comunidade se serve para conviver serenamente com a fome, enquanto o *Angolano*, de olhar vago e andar errante, vai espalhando sorrisos pelo mato.

17

A chuva partiu no fim das colheitas, levando consigo o calor. O frio começou a instalar-se com todo o seu peso. A austeridade circundante, a timidez com que se olha as coisas em volta, esconde muitas vezes uma fome verdadeira. Os produtos dados como garantidos, como o tomate, a cebola e o alho, são aqui raros, quando não desconhecidos. E essa ausência junta-se às necessidades próprias da Brigada para levar a um redobrado empenho num dos projetos mais necessários: a Horta. Aquela que dará de comer ao povo e à Brigada, diz-se.

A Horta foi aberta numa baixa ampla, na margem do rio (é na margem do rio que quase tudo acontece), a escassas centenas de metros do estaleiro dos tijolos e do *Barro dos Mais-Velhos*, como o *Bando* jocosamente lhe chama. Ficou a cargo de Maurício e de Arão. O Coordenador gere as sementes, guardadas a sete chaves. Daniel, o cozinheiro,

tem esperança nos resultados. Na verdade, participam na Horta todos os brigadistas sempre que há tempo e disposição para pegar na enxada. Eles e uma dúzia de aldeãos contratados à tarefa e com a esperança de ganharem acesso àquilo que, ao que se diz, irá brotar.

Começaram por preparar o campo removendo pedras e raízes, e as enxadas afofaram a terra e elevaram-na em longos camalhões. Vai-se cantando sempre, canta-se em tudo o que se faz em conjunto. Entre os camalhões ficam formadas compridas valas por onde corre a água. Num dos cantos do terreno foi preparado um viveiro, vieram as sementes do armazém, começou-se a semear e, pouco depois, a transplantar. A distância entre os pés é medida com recurso a pequenas canas, mas a falta de rigor e algumas falhas fazem com que as plantas surjam apenas sofrivelmente alinhadas. Mesmo assim o resultado é positivo e deixa toda a gente alegre. A paisagem ganha um novo ar. Começam a surgir pequenas manchas verdes e pintas vermelhas e alaranjadas como colares de contas largados ao comprido sobre o veludo da terra escura. A margem ficou mais alegre por causa disto e por surgir sempre mais gente disposta a participar. Regam, arrancam as ervas daninhas e cantam. Fazem-no sempre muito cedo, quando está frio e tudo em volta impregnado de umidade. As vozes começam roucas, mas à medida que o sol as aquece abrem-se, tornam-se cristalinas.

Na Brigada, cada um intervém segundo aquilo que sente ser a sua inclinação. Maurício estuda as pragas e as maneiras de as combater: consociações com outras plantas, cal e misturas líquidas para dissuadir todo o tipo de invasores, que ele vai aspergindo sobre as culturas

munido de um pulverizador que encanta toda a gente, uma arma que, embora não se vejam ainda os resultados, parece ser infalível. Há prêmios para as crianças que matem mais gafanhotos, espetam-se pequenas paliçadas de micaias para impedir que os cabritos venham servir-se, enfim, há dois guardas destacados para desencorajar possíveis roubos noturnos (por mais que tivessem ficado a pairar certas divagações poéticas com base naquilo que testemunharam na machamba de Abdala, sabe-se que existem costumes que, embora antigos, são sacrificados à evolução das coisas, sobretudo à fome e à pobreza). Arão, por seu turno, nutre um vivo interesse pelas abelhas, insiste que está nos seus voos de patas enlameadas de pólen a origem de todas as coisas, incluindo as plantas, e por isso passa grande parte do dia metido no fato de apicultor. Além do espanto que o seu aspecto provoca entre os camponeses, vem daí o nome com que é tratado pelos companheiros: Arão, o *Marciano*. A Brigada apoia os esforços do *Marciano* porque o princípio lhes é familiar. Tal como ele crê no intercâmbio que as abelhas levam a cabo para fazer girar o mundo, crê ela no cruzamento entre as ideias para o transformar. Planeja-se a distribuição de sementes e pés de viveiro a quem, entre os aldeãos, dê garantias de levar a cabo as coisas até ao fim (fazem-se listas). E se isso alarga a ideia da horta no espaço, iniciam-se também ações de secagem de produtos em secadores solares — couves, tomates e muitos outros — para que a sua utilidade possa ser alongada no tempo. E canta-se. Canta-se sempre.

No fim da cadeia está Daniel, de cesto vazio na mão, à espera de algo que possa levar daquela manta de retalhos coloridos para cozinhar o jantar.

18

Umas coisas levam a outras e as ações da Brigada não são exceção. A magia da Horta está nisto: no princípio é sempre difícil, mas se tudo corre bem surge como que por milagre a abundância. Tudo amadurece ao mesmo tempo, uma multiplicação de cenouras e couves arrancadas do chão, úmidas e frescas, com terra escura agarrada às raízes, que enchem a despensa de Daniel e se alinham nos secadores solares e que são distribuídas ao fim do dia um pouco por quem participou. Mas é tanto o que sai na Horta que possibilita a invenção de outros destinos e outros critérios. Em resultado, as quartas-feiras transformam-se no dia da *Sopa das Grávidas*.

Desde manhã cedo que os legumes são descarregados dos cestos, lavados, descascados e cortados em pedaços pequenos que são atirados para o tambor onde ferve a água que vai dar em sopa. Meia dúzia de mulheres leva a cabo a tarefa, sempre cantando, um pequeno coro regido pela batuta de ferro do cozinheiro Daniel. É ele que diz quantas cebolas, quantas cenouras às rodelas, quanto feijão, quanto disto e daquilo, é ele que com um gesto largo e teatral espalha o sal pelo caldeirão e que, com uma grossa colher de pau que encomendou a Mafambisse, mexe lentamente aquela mistura para a fazer borbulhar e engrossar, enfim, é ele que lhe deita um litro de óleo por cima para conferir densidade, com um brilho nos olhos e o suor a escorrer pela testa abaixo. Entretanto, os vapores e os cheiros soltam-se e ficam a pairar no descampado. E, assim que dá o sinal de que a sopa está pronta, começa a distribuição pela fila das mulheres grávidas, cada uma com a sua malga de madeira, lata velha ou tigela de barro na mão, uma concha por cabeça, concha e meia se aquela trouxer pela mão uma criança pequenina. A parteira controla a fila e, com os brigadistas, vai anunciando ao longo dela a importância dos legumes para as crianças que hão de vir. Abrem-se exceções para um ou outro velho, mas não cabe quem não é grávida nem criança.

19

Por esta altura, tanto tempo decorrido, é natural que se tivesse criado uma divisão de trabalho mais vincada no seio da Brigada. Não só no sentido da organização interna, mas também na medida em que cada um estava interessado em aprofundar o seu ofício, em refletir sobre o que lhe cabia fazer. Maurício ia de casa em casa procurando perceber como viviam as famílias, avaliando a extensão da fome, tomando notas; Arão pedia ajuda a Mafambisse para construir as suas colmeias e, envergando o fato espacial, passava o dia com as abelhas; os fotógrafos fotografavam coisas e pessoas, as ações da Brigada e o que delas resultava, e ainda, como vimos, pormenores que traíam um olhar mais pessoal; enfim, Mafambisse serrava, pregava e mantinha uma competição com Abdala revestida de ironias, enquanto o *Seisdedos* remendava as rachas do forno dos tijolos e Daniel cozinhava e lavava panelas, ou ia às compras na Aldeia. Quanto ao Coordenador, esforçava-se por ir articulando estas atividades de maneira a que ficasse formado um todo coerente. Era este o seu ofício.

É por isso natural que Parker, o homem do cinema, procurasse um sentido para aquilo que fazia, além do mero registro em imagem das atividades da Brigada. Embora de feitio prático e quase sempre de câmara de filmar em punho para não ser surpreendido por um acontecimento único e irrepetível que valesse a pena registrar, Parker era também capaz de passar tardes deambulando pela Aldeia como se não o movesse um objetivo preciso, na verdade refletindo sobre os sentidos mais escondidos da arte que praticava. *O que são as imagens? Que importância têm? Que relação estabelecem com as palavras neste lugar onde toda a gente conta histórias? Em que medida as palavras substituem as imagens?* Eram estas as questões que se colocava. Não que as comentasse com frequência junto dos seus companheiros, mas estes percebiam isto mesmo quando o viam olhar fixamente um grupo de gente, enquadrando-o com as mãos nuas em frente ao olho direito. Em seguida, retomava a caminhada de cigarro na boca e mãos nos bolsos, cruzando-se com as pessoas sem sequer notar os cumprimentos que estas lhe dirigiam.

Certa vez a equipe de futebol da Aldeia convidou a Brigada para um desafio amigável. O convite foi prontamente acolhido por ser encarado como uma forma de estreitar as relações. E nos dias seguintes a Brigada começou a preparar-se para o jogo. Na véspera receberam a visita de um camponês que, entre sorrisos respeitosos, foi solicitando os nomes de cada um dos jogadores da Brigada, falando com eles, medindo-lhes as características e apontando tudo num papel. Divertidos, os brigadistas pensaram tratar-se de um "espião" da equipe adversária que vinha colher informações sobre as táticas de jogo que estavam a ser preparadas.

O encontro teve lugar na tarde aprazada e revestiu-se de certa pompa. O Administrador fez-se representar por um funcionário que tutelava o desporto e a Brigada ofereceu algumas bolas de futebol à equipe da Aldeia e à escola. A multidão exultava.

O jogo começou. Os espectadores dispunham-se ao longo das linhas que demarcavam o campo. Num dos cantos verificava-se um aglomerado mais denso. Era evidente que alguma coisa ali acontecia. Parker dirigiu-se para lá de câmara em punho e descobriu, no meio do grande grupo, o referido "espião" que, de papel na mão, ia relatando aos berros o decorrer do jogo, referindo os jogadores de um lado e do outro pelos seus nomes ou algo aproximado e não se coibindo daquilo que pareciam ser, em língua Yao, grandes floreados interpretativos. Muitos aldeãos viravam mesmo costas à ação real, com a atenção toda presa às palavras do comentador. Era o poder da rádio, das suas ondas capazes de transpor a floresta, ali transformado em viva voz. Era o poder das palavras. Sim, Parker constatou o quanto naquele lugar eram poderosas as palavras que teciam uma história, capazes mesmo de se sobrepor aos acontecimentos que preenchiam o real. E, logo em seguida, desviou a *Canon* do jogo e apontou-a ao pequeno grupo, recomeçando a filmar. Disposto a repor a primazia das imagens sobre as palavras, que era o que dava sentido àquilo que ele fazia.

20

Na *Viagem do Pássaro*, como ficou conhecida aquela que levou a motosserra para longe dali, seguiram também dois homens do cinema, já se disse. Parker e Aurélio iam à capital da província para embarcar no avião rumo a Maputo. Levavam a incumbência de realizar pequenos documentários sobre temas que interessavam aos camponeses, temas surgidos nos numerosos pedidos formulados nos encontros populares. O caminho a prosseguir fora objeto de algum debate. Parker pretendia questionar as raízes do seu trabalho, pô-lo em diálogo com a poderosa propensão local para as histórias feitas de palavras, ver como as palavras se transformavam em imagens. O Coordenador, por seu turno, achava que o papel do cinema era simplesmente o de facilitar o avanço dos projetos da Brigada. O cinema devia mostrar aos aldeãos aquilo que eles não conseguiam ver, mostrar aos da Brigada as realizações populares, enfim, dar mais substância aos relatórios das atividades desenvolvidas. E, exasperado, rematava:

— *O cinema é uma ferramenta como outra qualquer!*

Parker tinha bom feitio. Agora, que chegava a Maputo, reconhecia alguma justeza nas palavras do Coordenador e começava ele próprio a encarar como suas as questões que os camponeses punham em Mavago:

— *Como é a cidade, com os seus carros e as suas luzes? Dormem todos na mesma altura como aqui* (caso em que as luzes todas se apagam e só se ouve o cantar dos grilos)*? É verdade que anda toda a gente calçada? É verdade isto e aquilo?*

Coisas assim, pedidos que tinham por base uma curiosidade sem regras e uma imaginação desenfreada. Parker e Aurélio consultavam o caderninho onde estavam apontados os pedidos e as recomendações, coçavam a cabeça e partiam pelas ruas com o intuito de filmar respostas a esses pedidos, como *djinns* soltos da lâmpada para satisfazer os desejos populares.

Um desses pedidos dizia respeito à questão intrigante do óleo de cozinha:

— *Pilamos o nosso girassol com paciência e cuidado, coamos o óleo numa rede fina, mas no final ele sai escuro e sujo. Queremos saber como se faz este óleo claro que metem nas garrafas e vendem por vezes na loja, tão diferente do nosso óleo. Queremos descobrir o segredo.*

E eles, num pequeno mas meticuloso filme, documentavam o fabrico e o engarrafamento de óleo na velha fábrica da Ginwala, procurando mostrar com clareza as diferentes fases da operação, os funcionários de bata branca e touca na cabeça, cada uma das estranhas máquinas e os sons de todo aquele mundo funcionando. Outros pedidos eram mais simples e para os satisfazer bastava filmar pelas ruas, apontando aos carros e às pessoas que passavam, aos seus sapatos, mostrando como conviviam sem esbarrar umas nas outras, como atravessavam a lente da *Canon* em caminhadas incessantes de uns lugares para outros, espreitando das janelas de velhos machimbombos vermelhos, acenando alegremente ou cabisbaixas, evitando os carros ao atravessar, entrando e saindo das inúmeras lojas, olhando as montras (para provar que também a gente da cidade tinha as suas carências e os seus desejos); por vezes a câmara subia lentamente pela parede dos prédios de muitos andares, janela a janela, para dar uma ideia da sua altura, ou detinha-se nos candeeiros públicos acesos, nos letreiros e nos semáforos (verde para andar, vermelho para esperar, o amarelo é prudência), tentando satisfazer o pedido de entre todos mais insistente, que lhes fosse revelado o segredo da luz. Chegaram até a percorrer discretamente os muros da Presidência da República para dar a forma possível à curiosidade popular (atrás destes muros jaz o segredo do nosso poder), e terminaram num longo *travelling* sobre a baía para que o mar deslumbrasse o povo que o via pela primeira vez e com isso experimentasse em pleno a magia do cinema.

O resto do tempo passaram Parker e Aurélio encerrados na salinha de montagem, debruçados sobre as pequenas montadoras de Super 8, mergulhados no intenso cheiro da acetona, do café e dos cigarros, isso quando havia a certeza do caminho a ser seguido no roteiro, uma vez que os erros não eram passíveis de correção. E voltavam as dúvidas de Parker relativamente à autoria da história que havia para contar. *Como chegar ao critério popular? Qual o melhor caminho para ligar a sua própria maneira de contar à maneira como pensa e entende o povo?*

Era no meio destas dúvidas e destas inseguranças que se esforçava por prosseguir. Grande parte do material que montavam tinha vindo com eles, havia sido filmado em Mavago e nas outras Aldeias do distrito, documentando os projetos da Brigada. E foram surgindo pequenos filmes sobre a fabricação dos tijolos no estaleiro com o forno no horizonte, em plena atividade, sobre os ferreiros martelando com sons estridentes que o microfone *Sennheiser* dificilmente conseguia domesticar, sobre a construção da Maternidade, sem esquecer as longas filas da *Sopa das Grávidas* que as *Sanyo* e a *Canon* lentamente percorriam (o *Angolano* à ilharga empunhando a longa haste da captação de som), detendo-se as equipes com vagar nas barrigas mais proeminentes como que a demonstrar o critério que presidia à ação. Havia também filmes mais curtos, montados a partir dos restos de outros filmes, sobre aspectos dispersos da vida naqueles locais, uma espécie de apontamentos organizados por Parker e por Aurélio segundo critérios mais pessoais.

De regresso a Mavago, os homens do cinema vinham divididos. Inseguros por um lado, tomados pelas dúvidas já referidas, mas por outro ufanos, imaginando o assombro popular assim que as sessões de projeção acontecessem.

A primeira teve lugar em Mavago, no princípio da noite de uma quarta-feira fria, após a *Sopa das Grávidas*, no descampado da Maternidade. O *Angolano* testou as colunas de som e fez ressoar no volume máximo a voz rouca de Bob Marley, o chamariz que pôs o povo em movimento e que veio a tornar-se o indicativo das sessões de projeção.

Chegaram em peso, atraídos pela música, e sentaram-se no chão, os homens nos seus casacos de muitos invernos, as mulheres enroladas em capulanas, as crianças encostadas umas às outras para se protegerem do frio. À medida que os restos do dia desapareciam a escuridão transformava a assistência numa mole parda e indistinta de onde exalavam os sons típicos da expectativa. A maioria desconhecia o cinema, nunca havia saído dali. Uma meia dúzia de jovens havia visto o Bruce Lee na sala de cinema *ABC* de Lichinga (esticavam braços e levantavam pernas numa espécie de dança que encenava os combates orientais). Por fim a tela iluminou-se, surgiram os primeiros grãos saltitando e a imagem irrompeu acompanhada pela explosão de um espanto coletivo, uma sucessão de exclamações que voltou uma vez mais quando reconheceram na tela, com toda a nitidez e em plena atividade no estaleiro, Jawad e o seu *Bando*. Entretanto, houve que mandar calar a multidão para se poder ouvir o som, houve mesmo que interromper uma ou duas vezes, e recomeçar. Quando foi possível fazê-lo com alguma serenidade, depois que muitos se levantaram para espreitar atrás da tela e ficou claro não haver nada escondido, começaram enfim a surgir os comentários. Ali estava, sem sombra de dúvida, o familiar rio Lussanhando, as árvores conhecidas, os rapazes do *Bando* inclinados sobre o chão, segurando moldes, alinhando tijolos e cobrindo-os de palha para secarem. Seguiu-se o maravilhamento das imagens da longínqua cidade capital. Um assombro. Um paraíso.

É certo que o Coordenador se deu conta do erro cometido nessa primeira projeção e que o corrigiu mais tarde, mandando projetar um pequeno filme sobre os *Ches* e as suas panelas, mas este último acabou por se revelar soturno, cheio de silêncios e gentes de cara fechada, e no final de contas fazendo rotineiramente o que fazia muita gente: moldar os rolos de barro com as mãos e pôr os objetos a secar, nada de extraordinário. Um filme discreto no meio de todos os outros, nada que se comparasse à primeira projeção em que os marginais do *Bando* foram olhados como verdadeiros heróis. Afinal, era a primeira vez que se via cinema e os tijolos, como que por milagre, surgiram quase prontos e sem perda de tempo estavam a erguer as paredes da Maternidade. E encontravam-se ali presentes em carne e osso os jovens do *Bando*, e o Coordenador nomeou-os no fim do filme e eles levantaram-se, percorreram uma imaginária passadeira vermelha sem o saber, e perfilaram-se na frente de todos para receberem os aplausos. Com Jawad na frente, encabeçando o grupo.

Nos meses seguintes houve inúmeras projeções em Mavago, Chilolo e N'kalapa. Incansável, o jipe de Jamal percorria os caminhos do Distrito e, como verdadeiros feirantes, os homens do cinema montavam a tela, alinhavam o projetor e punham o Bob Marley a chamar os camponeses que vinham assistir sem arredar pé, na noite cerrada. E à medida que as projeções se tornavam mais regulares aumentava a intervenção popular. Se o filme mostrava mulheres, perguntavam por que razão não figuravam os filhos, as casas e as machambas, ou então não era claro o que estavam a fazer. O mínimo corte era reprovado, por exemplo se alguém pilava milho e no momento seguinte aparecia já com a farinha. Como era possível as coisas acontecerem instantaneamente, sem haver algo que as unisse, sem haver um tempo a separá-las? Por outro lado, protestavam com os planos americanos, queriam saber por que razão haviam cortado as pernas às pessoas, onde estava, num qualquer pormenor, tudo o resto? Aos poucos a crítica ia-se tornando severa, como que exigindo o filme perfeito: aquele que incluiria toda a gente, todos os pontos de vista, e que duraria as vinte e quatro horas do dia numa lógica que desprezava a economia dos procedimentos e valorizava uma espécie de totalidade harmoniosa. Sim, passado o maravilhamento da novidade, era o debate que garantia a popularidade do cinema. Marley abria os pulmões e as pessoas largavam o que faziam e caminhavam no sentido do som para ver as imagens e fazer valer a sua palavra.

21

Certo dia, em finais do mês de agosto, chegou a Mavago um caminhão UAZ militar com alguns soldados e um prisioneiro que levavam para o campo de reeducação de M'sawize. Era já tarde, fazia frio e vinham cansados. Pernoitavam ali para retomar a viagem no dia seguinte.

Mas, de manhã, quando acordaram, depararam com o UAZ assente em toros de madeira. Três das quatro rodas haviam desaparecido. Sobrava uma, que a chegada da madrugada não deixara tempo para levar.

A Administração pôs-se em campo, os soldados e os milicianos erraram por ali ameaçando os aldeãos, mas nada disso deu frutos. Acharam as jantes não muito longe, no meio de uns arbustos, e mais nada. Prendeu-se e soltou-se gente, entraram em casas revirando tudo, bateram o mato em volta. Debalde. Os pneus continuavam desaparecidos e não havia pistas que levassem a desvendar o mistério. Falou-se inclusivamente em sabotagem inimiga e — como acontece na Aldeia sempre que as coisas não estão claras — em feitiçaria. No fim, os soldados e o prisioneiro acabaram por partir como puderam, à boleia do jipe da Administração, e o UAZ ficou ali imobilizado para lembrar a todos que a questão não estava encerrada.

Duas ou três semanas mais tarde começaram a aparecer camponeses calçados com sandálias de borracha de pneu. Enquanto eram poucos a coisa passou mais ou menos despercebida. Mas com o correr dos dias eram mais e mais os camponeses calçados, a ponto de o fenômeno não poder mais ser ignorado. Era quase como se Mavago fosse já uma cidade como a Maputo dos filmes da Brigada, cheia de cidadãos calçados. O caso voltou à ribalta. E, como dois e dois são quatro, mandou-se prender o sapateiro. Houve um julgamento popular em que o pobre homem, magérrimo e quase sem dentes apesar de estar ainda longe de ser velho, foi acusado da ofensa grave que o roubo constituía. As sandálias eram prova irrefutável, ele era o mais que provável fabricante.

O sapateiro defendeu-se como pôde, afirmando que não era ladrão, apenas sapateiro, e que nestes tempos de escassez em que era difícil ter peles e pregos e cola, trabalhava com a matéria-prima que lhe traziam os clientes. Começara a aparecer-lhe gente com bocados de borracha, não sabia dizer a origem. Limitava-se a fazer o seu trabalho. Media os pés, cortava a borracha à medida e cosia-lhe umas tiras por cima, apenas isso. Nunca na vida roubara nada, insistia. Era sapateiro, gostava naturalmente de ver as pessoas calçadas. Claro que gostava também do proveito que isso lhe trazia, era inegável. E repetia, corajoso:

— *Sou sapateiro, coser sandálias é a minha obrigação.*

E acabaram por soltá-lo.

E, embora sem ficar resolvidas, as coisas voltaram a adormecer.

Tempos mais tarde, numa das viagens a Lichinga, o Coordenador conversou com um Diretor Provincial acerca do episódio. Falaram das dificuldades de distribuição de bens nas Aldeias, das filas de mais de cem metros para adquirir um pouco de sabão de uma remessa de apenas duas ou três caixas, dos vidros dos candeeiros que apareciam à venda em Mavago sem os respectivos depósitos, enquanto em Muembe, muito longe dali, havia apenas depósitos sem os respectivos vidros, falou-se, enfim, do xampu de alcatifa à venda numa região onde não havia uma alcatifa num raio de mais de trezentos quilômetros. Foi na sequência desta conversa que o Coordenador contou a história do sapateiro de Mavago. E, enquanto o fazia, notou um fumo espesso elevando-se no céu, para lá da janela do gabinete. Um fumo negro.

Levantou-se e foi espreitar. Lá embaixo, no pátio, ardia um monte de pneus.

— *Devem estar a queimar o lixo* — disse o Diretor.

Semanas mais tarde chegavam a Mavago mais soldados num outro UAZ. Traziam pneus novos e os dois carros acabaram por seguir caminho rumo a M'sawize. Quanto às sandálias, continuariam por muito tempo a calçar um grande número de camponeses dado que a borracha de pneu é muito dura e resistente.

22

Agosto mostrou ser um mês prenhe de acontecimentos aziagos. Ainda os pneus militares agitavam a Aldeia quando um dia, muito cedo, chegou um jovem esbaforido à porta da casa da Brigada e gritou para o cozinheiro Daniel:

— *Atacaram os tijolos!*

E Daniel entrou para avisar o Coordenador.

Correram todos para lá. De longe, enquanto se aproximavam, viam-se as filas de tijolos emaranhadas, pilhas desfeitas e, de mais perto, assim que chegaram, muitos deles esmigalhados, a palha espalhada pelo chão do estaleiro, formas de madeira destruídas e até sinais de vandalismo nas paredes do forno, como se alguém o tivesse picado com uma picareta para lhe abrir uns rombos. Embora não fosse por assim dizer definitivo (as paredes do forno eram resistentes), o estrago era grande.

A um canto, debaixo de uma árvore, os rapazes do *Bando* falavam entre si em voz baixa.

— *Atacaram os tijolos!*

Foram estas as palavras que o Coordenador repetiu quando conversou com o Administrador. Antes, tentara convencer o *Bando* a apresentar queixa junto da Administração, mas Jawad respondera que não valia a pena. Sabiam quem tinha feito aquilo e a queixa não resolveria nada.

— *Quem foi?*

Tinham-se limitado a encolher os ombros e, muito devagar, a retomar o trabalho, amontoando a palha e os cacos de tijolo e voltando a empilhar aqueles que tinham sido poupados. Havia ali trabalho para muitos dias.

O Coordenador disse ao Administrador que daquela ação resultava não só um grande prejuízo para a Cooperativa, mas também um retrocesso no trabalho da Brigada, que ficava talvez, por assim dizer, irremediavelmente comprometido. Era preciso fazer qualquer coisa, mostrar que o ato não ficava impune. Cabia às Autoridades esse papel.

O Administrador manteve-se cauteloso e algo distante. Começou por referir o que se dizia por aí, que aquilo era um feitiço, que o *Bando* sofria agora as consequências de algo que tinha feito.

— *Um feitiço?*

Sim, era o que se dizia. Claro que ele, Administrador, não acreditava em feitiços, mas o que era certo é que atrás de um feitiço havia sempre algo de verdade. Alguma coisa os *Descontentes* haviam feito para merecer o incidente.

O Coordenador voltou à carga. Acrescentou que o *Bando* sabia quem fizera aquilo. Aliás, todos sabiam. E o

Administrador ripostou. Era impossível que alguns velhos tivessem a energia bastante para fazer aquele estrago, afirmou. Bastava olhar para eles. Eram lentos e trôpegos, jamais conseguiriam provocar o estrago. E o Administrador concluiu:

— *Por isso se fala em feitiço.*

23

Dias depois, outra vez muito cedo, novo acontecimento ainda. Daniel aquecia a água do chá e descascava a mandioca do pequeno-almoço. De quando em quando, do outro lado da paliçada de caniço da cozinha, passava um grupo de gente a correr e isso intrigava-o. Intrigava também o Coordenador, que espreitava pela janela com a chávena de café nas mãos. Ao fundo do descampado, onde este começa a descer suavemente para a entrada da Aldeia, na direção de Lichinga, via-se já uma pequena multidão que os afogueados grupos que passavam iam engrossando. E Daniel veio dizer:

— *Dizem que o Ministro vai chegar.*

Ao longe podia ver-se o Administrador na frente da multidão, acompanhado de um pequeno grupo de notáveis, *Ches* e funcionários. À espera, alinhados na beira da estrada, como se alguém importante estivesse de fato na iminência de surgir e eles prontos para lhe dar as boas-vindas.

O Coordenador decidiu-se a sair de casa, atravessou o descampado e dirigiu-se para lá. À medida que se aproximava mais coisas se iam revelando. O Administrador envergava o seu velho casaco formal e uma gravata. Apesar do dia estar ainda a despontar, ele e os companheiros estavam encharcados em suor, sem dúvida da corrida até ali. Cumprimentaram-se e conversaram em voz baixa.

— *Sua Excelência está a chegar* — disse o Administrador.

O Coordenador permitiu-se duvidar. Achou que era demasiado cedo para que isso acontecesse.

— *Para chegarem a esta hora teriam de ter viajado toda a noite.*

Lichinga era longe, a estrada lenta, um Ministro não partiria a meio da noite para viajar em comitiva. Havia demasiadas coisas a organizar, como acontece sempre que há grandes delegações envolvidas. Partiriam no mínimo por volta das nove, isso se partissem cedo, e com os rios e lamas e tudo o mais, não chegariam antes do final da tarde. Por que não ia o Administrador a casa da Brigada tomar um café para entreter o tempo? Dizia estas coisas querendo ser simpático, mas o Administrador nem parecia ouvi-lo. Não tirava os olhos da estrada. Se dizia alguma coisa, era uma ordem seca a um funcionário, que corresse à Administração a buscar mais uns papéis para meter na pasta que tinha bem segura entre as mãos, com todas as respostas para as perguntas que lhe ocorrera poderem vir a ser feitas. E olhava o Coordenador de uma maneira difícil de interpretar, um olhar que talvez quisesse dizer que ele falava com aquela despreocupação por não ser quem teria de responder quando as perguntas chegassem. Sim, foi assim que o Coordenador entendeu aquele olhar, embora talvez não fosse mais do que uma maneira do Administrador manifestar a sua perplexidade ante um raciocínio tão fora da lógica daquele lugar. Como se fosse possível ele, o Administrador, correr o risco de deixar para a multidão o encargo de receber o Ministro!

Sim, talvez fosse isso, apenas perplexidade, e as maquinações da consciência, que não largavam nunca o Coordenador, fizessem o resto. De qualquer maneira, desse por onde desse, naquele momento força alguma arrastaria o Administrador daquele lugar, e o Coordenador, embaraçado, ficou mais um pouco, após o que, com uma desculpa qualquer, se retirou discretamente de volta a casa, fugindo do sol.

O episódio deixou nele uma sensação difícil de definir. O Administrador não o convidara a estar presente num evento tão importante como a chegada do Ministro. Era como se, apesar dos seus esforços, a Brigada ainda não *fizesse parte* da Aldeia, como se não coubesse ali, pelo menos quando chegava a vez das coisas sérias, mais fundamentais. Nessa altura passavam a ser um corpo estranho, tratado com alguma cortesia, mas com distância. Um corpo irrelevante.

Acabou por encolher os ombros para afastar pensamentos tão pouco produtivos logo pela manhã. Havia muita coisa a fazer. Daniel já o esperava para irem à horta ver os legumes, há dois dias que não visitava o estaleiro dos tijolos, enfim, era ainda necessário visionar alguns dos filmes que Parker trouxera, com imagens da cidade.

Estava ele perdido nestas questões quando voltaram a crescer os rumores lá fora. Vieram todos espreitar.

Era uma estranha visão, a da multidão em movimento, correndo no sentido oposto àquele que a levara ali de madrugada. O Administrador ia na frente com a pasta segura contra o peito, sempre suando em bica. Corriam todos o mais que podiam, um tropel que abalava o chão. Passaram pela casa da Brigada e prosseguiram estrada fora em direção ao centro da Aldeia, levantando uma nuvem de poeira. Daniel já estava lá fora tentando interrogar uns e outros para saber o que se passava. E, decorridos alguns minutos, começou a ouvir-se o som de um helicóptero e Daniel entrou com a explicação.

— *O Ministro está a chegar, vem de helicóptero, parece que vai pousar em frente da Maternidade!*

Era de fato um espaço suficientemente amplo para acolher um helicóptero. E também os da Brigada se precipitaram para lá. Enquanto corriam o Coordenador lastimou intimamente não ser quarta-feira, caso em que o Ministro poderia ver a fila da *Sopa das Grávidas*, abordar as mulheres e as crianças diretamente, falar com eles, enfim, inteirar-se do projeto. Entretanto, via-se já a grande máquina a pairar por breves instantes em cima do descampado e depois começar a descer lentamente com um barulho ensurdecedor. A poeira levantada impedia quase por completo a visão, todos se agarravam às roupas e a tudo o que desse mostras de poder voar. Com o monstro no chão e as pás do rotor ainda em movimento, a porta abriu-se e o Ministro saiu envergando um camuflado de combate, uma mão segurando o quépi e a outra já esticada para os habituais cumprimentos, enquanto os notáveis, arfando em compasso do esforço da corrida, tentavam perfilar-se. Atrás do Ministro saíram alguns técnicos de pastas na mão. Dentro das pastas, os planos fabricados na longínqua capital. Afinal, pouco pretendiam saber que lhes pudesse ser dito pelas modestas respostas do Administrador. Vinham antes dizer-lhe quantos hectares disto e daquilo deviam ser plantados, quantas toneladas disto e daquilo havia que colher, e falavam das grandes barragens que iam edificar e das belas estradas que iam rasgar através da floresta para se poder chegar enfim à felicidade.

Entretanto, na Maternidade, uma ponta da cobertura voara com a deslocação de ar provocada pelas pás do helicóptero, espalhando palhas por todo o descampado e deixando uma das salas em contato direto com o azul do céu.

24

Episódios como o do sapateiro, o da visita do Ministro ou o das lojas vazias, deixavam no Coordenador a sensação de um certo afastamento entre a Aldeia e os poderes da capital. Mas, por outro lado, revelavam também uma lealdade indefectível dos locais. Tudo isto lhe deixava um sabor amargo, por se sentir incapaz de situar a Brigada neste jogo. E, no entanto, em meados de agosto a Brigada já estava instalada na Aldeia como uma verdadeira instituição. Vinha gente pedir conselhos ou um punhado de sementes, havia quem quisesse negociar um saco de mapira ou uma garrafa de aguardente de milho por um pouco de sabão ou simplesmente quem se aproximasse para ficar a ver o que os brigadistas faziam.

Vinha também gente de fora, em visita. Eram dias frios em que, em Mavago, o sol irrompe quase sempre atrás de uma espessa neblina. Na noite anterior, bem tarde, chegara o jipe de Lichinga com um certo Professor Hawkins, um velho acadêmico britânico de tez avermelhada e cabelos compridos e grisalhos, que vinha observar *in loco* como a Brigada punha em prática as ideias do *desenvolvimento*. Ao jantar, Hawkins revelara-se um homem afável e aberto à discussão de todos os assuntos. Apesar do cansaço que trazia da viagem, ficaram a conversar lá fora, junto da fogueira. Temas como as iniciativas populares e até que ponto era legítimo apoiá-las sem correr o risco de deixarem de ser agenciadas pelos camponeses, de que forma insidiosa o imperialismo se fazia presente ou, ainda, os desafios da educação e da saúde, todos eles, abstratos e concretos, foram objeto de demorada exploração. Na maioria dos casos estavam todos de acordo, excetuando em uma ou outra ingenuidade do visitante, explicável pelo desconhecimento do lugar. Recolheram-se com a madrugada já à espreita.

A excitação de Hawkins e a estranheza do catre não o deixaram dormir. Levantou-se muito cedo. Ainda o dia começava a despontar e já ele cumprimentava Daniel com um aceno e se dirigia para o largo. O cozinheiro ficou a observá-lo enquanto ele se afastava envergando um pesado casaco e com um livro debaixo do braço. Daniel interrogou-se sobre a excentricidade dos estrangeiros, que se punham a caminhar antes mesmo de tomar o chá. Depois, desinteressou-se dele e virou-se para acender a fogueira.

Entretanto, Hawkins caminhou até ao largo da Administração e parou mesmo no centro. Olhou em volta o espaço deserto àquela hora e sentou-se na peanha da bandeira, encostado ao poste. Escolheu aquele lugar talvez porque a partir dele pudesse ver tudo em volta. Inspirou fundo, abriu o livro, um grosso volume anotado dos *Grundisse,* de Karl Marx, e mergulhou na leitura. Tanto podia ser que procurasse na obra a chave para entender a Aldeia como, também, que a Aldeia lhe proporcionasse o contexto para entender melhor o que estava escrito.

Quanto a Daniel, continuou com o seu trabalho, soprando de olhos vermelhos um fogo que a umidade do ar mantinha relutante. E ainda a água não começara a ferver dentro da cafeteira quando chegou um miúdo esbaforido para lhe dizer que o branco tinha sido preso.

— *O branco?*

Só podia ser o Professor. Daniel ainda deu uns passos para espreitar o largo e, como não visse lá ninguém, correu a avisar o Coordenador. Não sabia o que acontecera, só sabia que dois milicianos o haviam levado, disse.

O Coordenador vestiu-se à pressa e correu à Administração, mas o Administrador partira para Chilolo num qualquer trabalho e só estaria de volta a meio da tarde. Houve que esperar pelo seu regresso uma vez que não havia na Administração quem pudesse tratar o assunto e que os milicianos se recusavam sequer a conversar.

Só ao fim do dia, na presença de um Administrador cansado da viagem, foi possível confrontar as duas versões. Uma, em que o Professor se sentara encostado a um poste e ler um clássico, aguardando o esperado momento em que iria testemunhar de que maneira uma Aldeia socialista do Terceiro Mundo despontava para os trabalhos do dia; e a outra, em que um estrangeiro, possivelmente um espião, tomava notas dos movimentos da Aldeia para os transmitir aos seus obscuros superiores, ao mesmo tempo que, virando as costas a esse símbolo tão fundamental, ofendia a bandeira nacional, revelando desta maneira o seu desprezo pela república popular.

Era já noite quando as coisas finalmente se esclareceram. Entretanto, houve um pedido de desculpas do pobre Professor, que depois disso teve finalmente direito à primeira refeição do dia.

No dia seguinte Hawkins partia com Hermeto de volta a Lichinga. Cabisbaixo e em silêncio, mastigava o desencanto provocado por este encontro abrupto com a realidade. No fundo, o episódio revelava que às distâncias que existiam entre a Aldeia e a capital vinham juntar-se aquelas que cresciam entre a Aldeia e a Brigada.

25

É sábado à noite. Quase todos os membros da Brigada desceram ao rio para o banho. Mergulharam naquelas águas sempre gélidas e em movimento, que arrepiam e renovam ao mesmo tempo. Fizeram-no gritando e rindo uns com os outros. Depois, secaram aos últimos raios de sol com gritos e gestos que faziam fugir os lagartos das grandes pedras quentes. Já estão prontos, engalanados com as melhores roupas que têm. Alguns ainda endireitam as golas e penteiam repetidamente os cabelos. Têm saudades da cidade. Vão partir para o centro da Aldeia.

O Coordenador fica só, perdido nos seus papéis, à luz do candeeiro. Como sempre fazendo um esforço para entender em cada momento a real situação da Aldeia a fim de que os passos seguintes sejam sempre os mais adequados. Todas as noites, e hoje não é exceção, leva a cabo este exercício que é composto de duas metades. Primeiro constrói uma espécie de quadro mental da Aldeia, das relações de poder que há dentro dela, de que maneira os grupos se relacionam uns com os outros, as tendências dominantes, as figuras de relevo capazes de influenciar o todo, como cada um procura tirar as respectivas vantagens e por aí fora. Em seguida, a partir dos seus encontros recentes com os principais protagonistas, e tendo em conta os projetos em curso, procura analisar as relações entre a Aldeia e a Brigada, de que forma as ações desta última estão a transformar a realidade e a levá-la na direção certa. É este o objetivo último, que ela caminhe na direção certa. Entretanto vai assinalando os passos do seu raciocínio com riscos, setas e siglas de difícil leitura numas folhas de papel. Só depois, quando chega a conclusões, o Coordenador vai lá para fora e permite-se beneficiar de dois ou três tragos de uísque e um cigarro, antes de dar por findo o dia e ir dormir. Mais apaziguado, sabendo já em linhas precisas quais os passos a dar no dia seguinte, quais os elementos da Brigada com quem coordenar assuntos específicos, coisas assim. Por vezes, quando a situação se apresenta algo complexa, deixando antever mais do que uma linha de atuação, ou então nas reuniões coletivas das sextas-feiras, a Brigada inteira discute as possibilidades que se apresentam e a maneira de agir.

Nas suas análises diárias o Coordenador presta especial atenção às contradições entre os protagonistas, partindo do velho princípio de que se as souber explorar mais facilmente atingirá os objetivos da Brigada. Fá-lo com uma intenção positiva, que visa o bem geral, e este princípio aplica-se tanto a grupos de protagonistas como a indivíduos, às chamadas relações interpessoais. Por exemplo, tem especial cuidado nos contatos com o Administrador, de quem dependem muitas autorizações para dar andamento às coisas, ao mesmo tempo que procura aprofundar o conhecimento das fraquezas dos velhos *Ches*, achando que quanto maior for a vulnerabilidade destes mais consolidada fica a posição do *Bando* e do projeto dos tijolos, que continua a ser para ele aquele que promete avanços mais seguros na resolução do problema principal da Aldeia. Os jovens são o futuro de qualquer comunidade, os tijolos a garantia de que haverá casas sem que isso resulte na destruição da floresta. Está tudo interligado. Há ainda os ferreiros, a *Sopa das Grávidas*, o desporto, as escolas etc. Boas intenções, portanto, as do Coordenador.

Nesta noite, o último sábado do mês de agosto, o Coordenador não convocou ninguém e, portanto, os brigadistas descem quase todos para o centro da Aldeia (excetua-se o cozinheiro Daniel, ainda às voltas com a limpeza das panelas na cozinha, e Cortez, o fotógrafo argentino, que cultiva, encerrado no quarto, uma discreta depressão).

Com o seu ar festivo, as suas expectativas e as suas gargalhadas, os brigadistas tentam fazer da Aldeia uma cidade. De certa maneira também a Aldeia se comporta como se fosse já uma cidade. É este, não outro, o futuro que almeja. Ouvem-se tambores, vozes e fragmentos musicais, tudo se prefigura em superfícies movediças de brilho e sombra sob a influência dos vultos em movimento e da luz bruxuleante das fogueiras. O ar, pontilhado de fagulhas vermelhas que estalam e voam, das fogueiras muito vivas, está pesado de uma tensão feita de festa e fuga às regras, e também de esperança. É quase sempre assim aos sábados à noite, até os milicianos parecem aligeirar o dever que têm de impor a ordem. Todos, os aldeãos e os forasteiros da Brigada, procuram desesperadamente divertir-se.

Uma velha interpela o grupo, anunciando com voz rouca que tem coisa boa para vender, assim eles tenham sede e com que pagar. Está à porta de um casebre, sentada num pequeno banco, embrulhada numa capulana. Segundo o *Seisdedos*, ali costuma haver boa cerveja de mapira. Pelo menos é o que dizem, acrescenta, para afastar uma eventual reputação de frequentador assíduo. Mafambisse anui com uma gargalhada. O pedreiro faz sinal a Maurício e descem os dois o degrau que os separa do interior do casebre, seguindo a velha. Embora mal se veja, o chão do interior é de terra fracamente compactada, muito fina e meio solta. Entram para provar o produto, enquanto os outros esperam lá fora. O ar é abafado, por toda a parte se sente a aspereza dos grãos de areia pousados sobre as coisas ou pairando. Na escuridão, a velha destapa um tambor cheio até cima e o movimento da serrapilheira larga mais pó no ar e um cheiro acre que fere as narinas. Se fosse o Coordenador inspecionaria com a lanterna, sem qualquer pejo, o espaço em volta, todos os recantos, e hesitaria ante os sinais de ferrugem na chapa do tambor. Perguntar-se-ia se na cerveja ainda havia vestígios do combustível que ali antes se guardou, pensaria em germes, coisas assim. Maurício e *Seisdedos*, mais respeitadores, limitam-se a esperar. A velha resmunga na sua língua uns monossílabos imperceptíveis que tanto podem reclamar da vida como da hesitação dos potenciais clientes. O domínio razoável do português, os gestos, tudo denota nela um passado mais urbano do que aquele que tem agora, tudo isso a predispõe a recusar qualquer subserviência a não ser a do vendedor interessado em vender o seu produto. Antes da queda que a trouxe até aos dias de hoje terá subido um dia às delícias da cidade, terá aprendido o que esta tem para ensinar. O regresso, depois de tal experiência, é quase sempre uma derrota. Enquanto apregoa mansamente as qualidades do produto, a velha mergulha uma pequena concha de pau no tambor e dá a Maurício a provar (embora os sinais mostrem não ser um apreciador mais avisado do que o *Seisdedos*, ela procura manter aquela que é, segundo a sua intuição, a hierarquia). Maurício prova e sente, juntamente com o sabor amargo, um granulado espesso, como se a cerveja estivesse suja de uma areia mole, enquanto vai pensando se vale ou não a pena comprar uma lata. Podia ser açúcar, mas não é doce; podia ser terra, tem até algum do seu sabor, mas algo lhe diz que não é. Aponta então a lanterna para o tambor, para a superfície quase imóvel daquele pequeno mar de sargaços em dia de calmaria. A velha mete ali a mão e agita-a várias vezes para afastar a camada espessa de formigas mortas, aquele cemitério de pequenas ambições de açúcar naufragadas na cerveja. Pretende que esta reflita a sua clareza à luz da lanterna. Maurício apaga a lanterna e agradece. Sai, conferencia brevemente com os outros e retomam o passeio. A velha persegue-os durante uns metros tentando convencer pelo menos um ou dois que pareciam hesitantes, especialmente o *Seisdedos*, que conhece de outras ocasiões e se mostrara interessado. E lá acabam todos por regressar ao casebre para comprar cada um a sua lata. A vontade de diversão, a procura de algo que quebre a monotonia dos dias, tem força suficiente para transpor qualquer obstáculo.

26

O Coordenador bebe o seu uísque em pequenos goles e Abdala chega do escuro à procura do *Angolano*.

— *Não está. Partiu com os outros para a festa na Aldeia.*

O lenhador ouve, sente o cheiro do álcool fino e deixa-se ficar por ali. Quanto ao Coordenador, precisa de conversar. Serve a Abdala uma dose generosa, quer soltar-lhe a língua. Saber um pouco mais do mundo que os cerca. E pergunta, de chofre:

— *O que achas do Administrador?*

Abdala demora um pouco na construção mental da resposta. Diz que o Administrador veio do Sul, mas que não é por isso que deixa de ser boa pessoa. Só quando tem necessidade é que deixa de o ser.

— *Como assim?*

— *O Administrador é bom, mas muda consoante os dias.*

E Abdala dá um exemplo. Um exemplo que o envolve a si próprio e que, portanto, é direto, em primeira mão, com mais garantias de verdade. O Administrador sabe que Abdala é bom trabalhador, que tem uma bela machamba com muitos produtos, respeita-o por isso, cumprimenta-o sempre que se cruzam, conversa com ele se é ocasião em que vai com vagar. O Administrador também sabe que Abdala é um bom carpinteiro, o melhor da Aldeia. Por isso, quando precisa de uma porta ou do aro de uma janela o Administrador muda. Envia os milicianos para prender Abdala. Acusa-o de fumar os tabacos de que o *Angolano* gosta. E, na prisão, manda-o fazer a porta. Quando a porta fica pronta, ou o aro da janela, ou até um banco ou uma cadeira, o Administrador volta a ser boa pessoa. Conversa com Abdala, dá-lhe conselhos, pede-lhe que prometa coisas, mudanças de comportamento, e em seguida manda soltá-lo, deixa-o ir para casa. Abdala ri-se. Vê-se que se habituou àquele jogo. E pouco mais adianta, por não pertencer ao círculo da autoridade. De qualquer maneira, deixa no ar algo sobre a natureza do Administrador, pensa o Coordenador. E desiste de aprofundar, sente que Abdala se recusaria a ir mais longe.

— *E os* Ches? *Como são os* Ches?

Abdala volta a demorar-se. Estende o copo para que o Coordenador deite mais um pouco. Molha os lábios no uísque, de olhos fechados. Bebe ouro puro, é justo que seja pago desta maneira por informações para o outro tão valiosas.

— *Os* Ches *são de há muito tempo.*

É isto que diz, algo enigmaticamente. Os *Ches* são antigos, o que em si é, e não é, bom. Protegem a Aldeia da mudança, não gostam de mudança. Os *Ches* parecem maus, mas não são maus, só defendem as coisas deles; parecem fracos, mas têm muita força. Andam com bengalas e têm uma voz que treme, mas essa voz chega longe, muito mais longe do que as panelas deles.

— *Os* Ches *falam com Lichinga, a capital. A voz deles chega até lá.*

E o Coordenador confirma uma ideia que mais ou menos tinha e percebe enfim a razão das hesitações do Administrador.

Prossegue. A sua vontade de saber é pertinaz.

— *E esses do* Bando, *a gente de Jawad?*

Abdala ri-se.

— *Esses são crianças.*

E resiste a dizer mais. Vê, num relance, que a garrafa parece ter chegado ao fim, ou então que o Coordenador hesita em servir mais, ou ainda pode ser que ache que já disse muito, talvez mais do que devia. Embora esteja sempre a rondar por ali, Abdala não pertence à Brigada, não trabalha para a Brigada. É experiente, sabe que a Brigada não é eterna, que haverá um tempo depois do tempo da Brigada.

O Coordenador faz uma pausa. Não perguntará mais sobre os *Velhos* nem sobre o Administrador, mas insiste em querer saber um pouco mais sobre o que pensa Abdala de Jawad e do seu *Bando*. Veremos se o consegue antes que cheguem da festa os da Brigada, enquanto ainda está sozinho com o lenhador.

27

De cerveja na mão, erram curiosos por aquele mundo que por sua vez os encara também com uma curiosidade umas vezes espantada, outras divertida. Mafambisse leva-os a outra palhota em cujo terreiro se vende, segundo ele, a melhor *nyama choma*, bocados de carne assados na brasa. Ele, *Seisdedos* e Arão troçam discretamente da hesitação dos *acadêmicos*, que não sabem ao certo como participar, como segurar nas mãos e morder aquela carne quente, indistinta e difícil. Ao mesmo tempo, o trio interpela os camponeses que passam com algumas frases em língua Yao para alardear a sua familiaridade com o lugar. É uma atitude de certo modo ingênua, mas parece diverti-los, e ainda mais àqueles com quem falam. Provam outras cervejas, respondem às palavras ambíguas de algumas mulheres com frases inacabadas, vagas, deixando antever possíveis intenções, frases capazes de ir dar a qualquer lugar. Mafambisse, sempre sorridente, deixa o grupo e parte na perseguição de uma dessas promessas. Ao carpinteiro desagradam os grandes grupos, sente que lhe tolhem os movimentos. Doravante, que seja cada um por si. E enquanto os restantes se interrogam acerca do seu desaparecimento, *Seisdedos* desaparece também, discretamente. Depois é a vez do *Angolano* se perder entre as casas, seguindo o cheiro do tabaco. O *Angolano* sabe ser estrangeiro naquele lugar, não esconde as diferenças, mas torna-as acomodáveis ao seu e ao outro lado.

E o grupo vai assim diminuindo, em tamanho e em convicção, em saber-estar. O que resta dele é composto por aqueles que se empenham nas suas análises privadas, mas que ao mesmo tempo têm certa dificuldade em participar. Caminham um pouco às cegas, olhando e interpretando, e acabam por desembocar numa clareira. A meio da clareira, uma palhota retangular. As suas paredes maticadas interrompem-se à altura dos olhos numa espécie de nesga corrida, uma janela rasgada a todo o comprimento, talhada talvez para fazer circular o ar e que faz com que a cobertura de palha pareça suspensa, destituída de quaisquer apoios.

A palhota está cercada de populares que espreitam por aquela abertura estreita e longa, de antebraços apoiados no parapeito e o queixo pousado nas costas das mãos; em silêncio e, quase todos, com uma espécie de deslumbramento estampado no rosto. As crianças saltam para conseguir espreitar o que há lá dentro. Os brigadistas avançam e espreitam também.

O interior da palhota é composto de uma única divisão, uma espécie de salão. Meia dúzia de pares evoluem lentamente sobre o chão de terra dura ao som de uma música saída de um pequeno gravador de cassetes, dolente, tanzaniana, oriunda da costa. Os pares estão muito juntos, os dançarinos olham-se nos olhos procurando construir e alardear uma grande intimidade, conscientes todos eles de estarem a ser observados. Fingem no entanto não se importar com isso, como se fosse sua função ensinar aos outros como se faz na cidade. Enquanto isso, os de fora seguem atentamente aqueles gestos, uma estreita e escura tira pintalgada de olhos brilhantes a toda a volta do salão. Sim, os dançarinos estão vestidos à maneira da cidade, eles com calças compridas e sapatos, elas com saias, algumas de vestido. Assim que a música termina um dos rapazes prime os botões e muda a cassete. A música recomeça, mas desta feita é mais agitada. Os pares separam-se, os dançarinos saltam furiosamente para gáudio da pequena multidão. Levantam-se pequenas nuvens de poeira no chão de terra do salão, o ar torna-se irrespirável. Cá fora, alguns, sobretudo a criançada, saltam e rodopiam procurando mimar os dançarinos. E desta maneira, por entre comentários e gargalhadas, a festa acaba também por alastrar a todo o terreiro em volta, de fato a todo o centro da Aldeia de Mavago.

28

O pequeno grupo inicia o regresso a casa. Caminham e vão falando em voz alta uns com os outros, trazem ainda restos do entusiasmo que a festa despertou. Maurício, o sociólogo, pensa no muito que tem a contar ao Coordenador. Não lhe sai da cabeça a mulher da cerveja e a necessidade de apurar quantos pequenos negócios existirão escondidos dos olhos da Brigada, negócios aos quais é preciso dar atenção. Pequenos vendedores, pequenos artesãos, gente com quem a Brigada ainda não se cruzou em profundidade. Além disso, vislumbrou naquele salão de baile uma nesga do futuro. Os que dançavam lá dentro eram filhos de refugiados, explicou o *Seisdedos*, entretanto surgido do escuro para se juntar ao grupo. Viram a cidade na Tanzânia, sabem dançar e andar calçados, podem pagar o bilhete de entrada para o baile e bebem cerveja da garrafa.

— Aqueles que espreitam pela janela nunca saíram daqui, é gente do mato.

Remata com uma gargalhada. Uns olham e admiram, os outros gostam de ser olhados. Os de fora e os de dentro. Eis, afinal, os *Dançarinos* que Jawad referia com desprezo. E Maurício conclui, de si para si, que afinal o povo e as elites continuarão a existir, ou então, esmagadas as segundas, que o primeiro voltará a dividir-se e a segregar elites novas para que as coisas possam continuar a ser como são. Sim, o povo divide-se, ou então nunca chegou a juntar-se. É este o pensamento algo confuso de Maurício, toldado pela cerveja, enquanto caminham de regresso a casa.

Entretanto surge também Mafambisse para se juntar aos restantes, como se as coisas estivessem assim combinadas (falta apenas o *Angolano* que, sempre solitário, só muito mais tarde regressará a casa). E, assim que chegam, Abdala aproveita para se despedir e partir. Já cumpriu com o que trazia aqui, conversou e bebeu, o que falta pode bem esperar.

Maurício vem entusiasmado. Despeja as novidades que traz sobre o Coordenador, o baile e tudo o mais. E o Coordenador pergunta:

— *E Jawad? Jawad estava lá?*

Já que não conseguiu perguntar a Abdala, pergunta agora a Maurício. Quer saber de que lado estava o *Bando,* se no baile ou entre os que assistiam.

Mas não, em lado nenhum o grupo viu Jawad. Nem dentro, nem fora do baile.

29

Tampouco naquele e nos dias que se seguiram souberam do *Bando*, que há vários dias não aparecia no estaleiro. Por onde andariam?

Sentado numa pequena pilha de tijolos, o Coordenador olha em volta e sente, pesando-lhe sobre os ombros, um grande desânimo. Aqui e ali há tímidos sinais para repor as coisas: cacos de tijolo empilhados, alguma palha varrida. Mas, fora isso, o estaleiro está silencioso, parece-lhe morto. Qual o sentido de todo o esforço despendido? Até aqui, sempre que lhe fazia falta algum otimismo socorria-se da ideia do estaleiro como princípio de tudo, um generoso início a partir de onde se haviam desdobrado todas as outras ações: a Maternidade, a Horta, os fornos e os ferreiros, a *Sopa das Grávidas*, enfim, o lugar, até, de onde partiu a tentativa de proteger a floresta (vem-lhe à ideia a motosserra e sorri). Mas, ameaçado que está este ponto de partida, quanto tempo levará até que o resto seja também posto em causa?

Durante muito tempo orientou as suas análises para a Aldeia e a sua gente, as Autoridades, os *Ches*, a comunidade e os seus artesãos, os jovens, enfim, um mundo de fatores que podiam favorecer ou prejudicar o estaleiro. Sempre que algo fugia ao seu entendimento era na articulação entre esses grupos que procurava as respostas, como se pudesse mexer as peças de um jogo para que no fim tudo ficasse harmoniosamente encaixado. Se o Administrador se mostrava demasiado rígido, estudava formas de suavizar-lhe a atitude e se, pelo contrário, era suave, desconfiava de que havia obscuras intenções; tentou que o *Bando* fosse mais colaborativo, menos impaciente, olhou sempre Jawad como alguém que com o esforço adequado se tornaria previsível e poderia vir a ser útil como acabou por ser, pelo menos até certo ponto; acenou aos velhos *Ches*, embora reconheça agora que talvez os tenha encarado com demasiada severidade e que podia ter feito mais para os conquistar. No meio de tudo isto, o que lhe escapou?

Pequenos sinais a que não deu importância surgem agora mais evidentes. Vê as coisas a uma nova luz. Reuniões entre o Administrador e os *Ches* para as quais não foi convidado (e, pensando bem, por que razão haveria de sê-lo?); convocatórias para a presença de Jawad na Administração, para encontros cujo conteúdo não lhe foi a ele revelado. E, desta maneira, começou aos poucos a perceber que nem todas as *articulações*, como lhes chamava, eram controladas por si. Havia uma vida própria, independente, os intervenientes aliavam-se e confrontavam-se sem dar conta disso à Brigada. Haviam-no feito antes, faziam-no agora e seguramente que continuariam a fazê-lo. E, nas discussões havidas entre esses intervenientes, sem dúvida que o tema terá sido muitas vezes a própria Brigada, os seus curiosos costumes, aquilo de que se poderia tirar proveito (a Brigada era considerada rica, cheia de recursos), e também as perturbações que trazia, alterando com pequenos gestos os equilíbrios de forças. E daí terá surgido progressivamente uma imagem que estava longe daquela que ele se esforçara por transmitir e controlar. Daniel, o cozinheiro, corporizava em si a fama que a Brigada tinha de ser voraz e insaciável, de pretender acabar com as galinhas, de comer muito todos os dias; Parker era o ladrão de imagens; Mafambisse, aquele que perseguia as mulheres; enfim, Arão era estranho no seu fato e as unhas do *Seisdedos* constituíam um sinal.

E ele próprio, o que seria, uma vez que nunca lhe chegara aos ouvidos algo a esse respeito? Sim, ele próprio, qual era a imagem que faziam dele as Autoridades e os camponeses? Que ideia tinham dele os seus próprios companheiros na Brigada? Ocorreram-lhe as vezes em que distribuíra prodigamente as suas latas de conserva ou se socorrera do seu uísque para apaziguar tensões ou ganhar confianças, as vezes em que fora surpreendido por outros bebendo o copo solitário com que concluía as reflexões. A que os outros tinham dele não seria uma imagem pintada com as cores da inveja? Ou então a imagem de um eterno amante do álcool, tal como o *Angolano* o era dos tabacos proibidos? Sim, o fato de haver aspectos da vida da Aldeia que desde o início se haviam mantido à margem das suas análises deixava-o agora profundamente inquieto.

Foi nesta altura que Daniel veio chamá-lo ao estaleiro. Era urgente. Cortez encerrara-se na camarata e recusava-se a abrir a porta. Os outros estavam muito agitados.

30

De fato, em casa era grande a confusão. Tal como Daniel dissera, Cortez estava encerrado na camarata. No pequeno corredor, os brigadistas dividiam-se em dois acalorados grupos: aqueles que se solidarizavam com o fotógrafo e tentavam convencê-lo a abrir a porta, apelando ao bom-senso e prometendo-lhe o melhor que tinham guardado nas suas malas para o confortar; e os outros, os que se diziam cansados daquela situação, que a camarata não era só do fotógrafo, que também eles tinham lá as suas coisas e que pretendiam entrar, nem que fosse arrombando a porta. A ambos os grupos Cortez respondia, do outro lado, com o mais absoluto silêncio.

A ambos, assim que chegou, o Coordenador pediu calma. Sentia que tinha na frente vários caminhos e que era imperioso escolher um deles. Que dedicara muito tempo a conhecer o que o cercava, já o sabemos e dissemos: as Autoridades, os velhos, os jovens, as mulheres, os artesãos e os agricultores, todo esse mundo de inimizades e alianças, de parcerias e desencontros tinha já sido objeto de intenso escrutínio, embora com resultados que muitas vezes a realidade das coisas tinha posto em causa. A leitura dos manuais teóricos com que procurara complementar esse esforço pouco ajudara. E começava agora a ser-lhe revelado que descurara o seu próprio mundo, a vida no interior da Brigada. Aquilo que anteriormente era um dado adquirido, que não lhe merecera portanto mais do que uma leve reflexão, surgia-lhe agora estranho, novo, de certa forma incompreensível. O incêndio da cozinha, ocorrido há tanto tempo, não teria sido ele um sinal, uma espécie de aviso a que não prestara atenção? Sim, não eram só os outros, também eles próprios necessitavam de atenção. No seu seio ia fermentando algo de malsão do qual o estado depressivo de Cortez era apenas um indício. Havia outros. Os desaparecimentos nas malas de cada um (comida, roupas, e certa vez até um relógio), incidentes que levavam a silenciosas suspeitas e por vezes a acusações cruzadas mais ou menos agressivas, os eternos problemas provocados pelo carpinteiro na Aldeia, cujo impacto se fazia sentir no interior do grupo, a indiferença e os comentários irônicos do *Angolano*, as suspeitas de que Daniel desviava comida para negociar na Aldeia em proveito próprio, os desaparecimentos de Hermeto ao menor pretexto, as explosões de mau gênio de Maurício, as questões religiosas ou as ausências prolongadas de Arão, tudo isto dava azo a questiúnculas cada vez mais frequentes, tudo isto lhe surgia agora a uma nova luz, uma luz que conferia à Brigada uma inquietante vulnerabilidade. E tudo isto provocava um desânimo que variava de intensidade conforme os dias e se traduzia no hábito de atirar com um sapato à parede onde pendia um recorte de jornal com o retrato do Reitor da longínqua Universidade, sempre que cada um o achava merecedor desse castigo. Os rasgões no retrato testemunhavam a exasperação coletiva, mas, por outro lado, a sobrevivência daquele na parede vinha lembrar que os conflitos e a distância ainda não haviam logrado romper em definitivo a ordem hierárquica. Mal ou bem, o Reitor sobrevivia na parede, zelando por todos.

Sim, pensou o Coordenador, era preciso salvar o que ainda se podia salvar. Ordenou que todos se calassem, encostou-se à porta e pediu suavemente a Cortez que abrisse. E o fotógrafo rodou a chave, abriu a porta com um ar ausente e voltou a deitar-se na cama como se nada tivesse acontecido. Sim, havia ainda um frágil sentido de hierarquia que os prendia a todos a este lado.

31

Depois, tudo se precipitou. O Governador chamou o Coordenador a Lichinga para lhe comunicar que a experiência chegava ao fim. Reconhecia o empenho da Brigada, a sua dedicação, era aliás sua intenção transmitir isso mesmo na carta que ia escrever ao Reitor. Dir-lhe-ia dos benefícios para a Aldeia, da entrega dos brigadistas aos seus deveres e tudo o mais.

— *Todavia, vocês têm de partir.*

Foi isso que o Governador disse, numa conclusão brutal e definitiva. Tinham de encerrar o projeto e deixar a Aldeia. Partir.

E o Coordenador regressou a Mavago sem saber bem da razão e censurando-se por não ter sido capaz de arrancar uma explicação mais precisa. Seria a voz dos *Ches* que, como Abdala havia dito, chegava mais longe do que aparentava? Seria o Administrador optando pelo seguro na comunicação com os seus superiores? Estaria no desaparecimento de Jawad a razão? De qualquer forma, era a floresta que voltava a fechar-se com o regresso da estação das chuvas.

E foi ainda com estas interrogações na mente — transferida para a Administração a propriedade daquilo que não se podia levar e recolhido o que havia a recolher — que o Coordenador deu o sinal de partida para a última viagem.

A primeira chuva surpreendeu-os na travessia do rio Luatize. A água brilhando na parede do pequeno quartel com a claridade que descia por entre as folhas das árvores provocou no Coordenador uma estranha ilusão. Olhou o verso acusatório, aquele que ficara a assombrá-lo desde o primeiro dia, e foi como se figurasse ele próprio no lugar do traidor Tomé. E como se tivesse sido Jawad a escrever, como se a parede representasse a ruína do palácio que não chegou a ser edificado. Mas, enfim, concluída a travessia e retomado o movimento, desfez-se a ilusão. E embora os olhos da floresta continuassem a fustigá-lo durante grande parte do trajeto, o impacto causado pelo incidente foi-se desvanecendo.

A segunda chuva iria surpreendê-los mais tarde, quando levantavam voo de regresso a Maputo.

VIAGEM PARA AS ESTRELAS

Segundo uma curiosa visão das coisas, uma história é um conjunto de várias possibilidades e à medida que vamos escolhendo umas somos forçados a descartar aquelas que as contradizem. Neste sentido, interpretar uma história seria ir anulando possibilidades até aí ainda em vigor, e a interpretação perfeita seria aquela que, anuladas todas as restantes, desembocasse na última possibilidade, aquela que se apresenta destituída de alternativas e a que podemos dar o nome de certeza. O problema, nesta visão das coisas, é que, afastadas todas as explicações descartáveis encontradas no percurso da nossa interpretação, retiradas todas as camadas, acabamos por desfazer a história e fica apenas a desarrumação e o vazio. A substância da história estaria assim, não no seu cerne (que nesta perspectiva é inexistente), mas na tensão que as diversas possibilidades criam entre si no esforço de anular as concorrentes e sobreviver.

Russell Parker chegou a Moçambique numa altura em que a agitação trazida pela independência do país dera já lugar aos tempos mais austeros do partido único, da escassez de bens e da guerra da Rodésia. Parker veio para trabalhar no Instituto de Investigação Científica da Universidade de Maputo, mais precisamente no seu Centro de Estudos de Comunicação. Era cinegrafista, o cinema era o seu mundo. Apesar de ter uma natureza discreta, a sua presença foi de imediato cercada de uma certa aura. Contava-se à boca pequena que tinha abdicado de uma promissora carreira universitária no campo da física, na sua Califórnia natal, para se dedicar inteiramente ao cinema. O seu percurso era daqueles que ajudam a estabelecer as lendas. Constava que havia filmado com os revolucionários do Pathet Lao no tempo da guerra do Vietnã, num contexto envolto em atribulações e em mistério (é preciso ter em conta que o filme *Apocalipse Now* era recente); posteriormente fora operador de câmara do filme do alemão Thomas Harlan sobre a ocupação da herdade Torre Bela pelos camponeses, nos tempos tumultuosos que se seguiram ao golpe de Estado de 1974 em Portugal. Um percurso, portanto, mais aproximado de um revolucionário do que da ideia que se tinha na altura sobre o norte-americano comum.

Parker era alto e bem constituído. O seu cabelo curto, de um loiro alaranjado a caminhar precocemente para o grisalho, traía uma idade que no critério da época se diria madura (nas nossas contas teria cruzado os quarenta anos). Vestia-se invariavelmente de ganga azul já gasta, calças e camisa, e calçava botas grossas de tipo militar. Não era muito dado ao convívio com os colegas. Passava frequentemente por eles como se não os visse, o que, longe de provocar sentimentos negativos, contribuía para adensar a aura que o envolvia, como se seguisse distraído, tomado por pensamentos importantes. Tinha os músculos da boca sempre contraídos, o que levava os lábios a uma espécie de meio-sorriso permanente, um traço muito tênue e ambíguo, entre a ironia e o esgar de sofrimento, fato que consolidava essa distância, uma distância que no entanto parecia menos uma descortesia do que o sinal de que habitava, como foi dito, uma dimensão paralela à daqueles com quem se cruzava. Às vezes notava-se que descia uma sombra sobre o seu olhar, e piscava repetidamente os olhos de um azul muito vivo mas quase sempre semicerrados, como se fizesse um esforço permanente para ver melhor na distância.

Por esta altura, após a sua chegada, Parker ocupava o tempo aconselhando e selecionando equipamento de cinema para um projeto em preparação, e ministrava um pequeno curso de formação de operadores de câmara das forças guerrilheiras do Zimbábue (estava-se em vésperas da independência daquele país, os revolucionários necessitavam de filmar a libertação). Frequentava ainda, com um pequeno grupo, curiosamente composto todo ele por soviéticos, umas aulas de Português para estrangeiros.

Ao fim da tarde, terminado o dia de trabalho, Parker montava a sua motocicleta, uma pequena Kawasaki, e regressava à casa onde vivia, uma modesta cabana pré-fabricada de dois compartimentos num acampamento turístico onde mais tarde se viria a construir um grande centro de conferências. Passava longas horas na esplanada de um restaurante que existia mesmo em frente, hoje desaparecido, gozando a magnífica vista sobre a baía. Cultivava também alguns contatos noturnos, sobretudo com um grupo de vietnamitas desconhecidos da maioria dos seus colegas da universidade. Este fato constitui outra curiosidade, por ser difícil imaginar o que uniria vietnamitas a um norte-americano, tendo em conta que o fim da guerra do Vietnã era ainda muito recente.

Parker falava pouco, como já deixamos adivinhar. Passava as horas de trabalho entre a pequena câmara de montagem e o armazém do equipamento, ou entrando e saindo do edifício com um ar apressado, embora nem sempre fosse claro o que o apressava. A única ocasião em que se deixava ver mais demoradamente era quando descia ao refeitório, a meio da manhã, para o curto intervalo do pequeno-almoço. Jamais se sentava à mesa de alguém, embora acontecesse por vezes um grupo de colegas vir sentar-se à sua. Nas discussões que tinham então lugar, sobre temas como a relação entre o cinema, a revolução e o desenvolvimento em África, e as perspectivas de realizadores como Godard e Rouch, Parker permanecia calado, de cigarro na boca, como que alheio ao que se dizia, e aproveitava o primeiro pretexto para se levantar e partir. Esquivava-se de interações mais profundas do que aquelas que eram inevitáveis.

Nos dias de grande movimento no refeitório, em que se formava uma fila de clientes à espera de serem atendidos, as coisas podiam seguir um curso diferente. Parker ocupava pacientemente o seu lugar na fila, a não ser que ali estivesse também um servente com o curioso nome de Mascarenha — assim mesmo, no singular — um modesto funcionário de limpezas e moço de recados de cabelos crespos desgrenhados, que envergava sempre uma velha farda de cáqui algo remendada e calçava sapatilhas bastante usadas, sem cordões. Quando tal acontecia, os dois calharem perto um do outro, envolviam-se invariavelmente numa estranha discussão sobre quem tinha o direito de ficar na frente, que a princípio parecia uma troca de opiniões circunstancial mas depressa ganhava veemência, com ambos a agitar os braços em espalhafatosos gestos de ameaça, embora em voz baixa, quase em silêncio. Parker bastante alto e todo de azul, Mascarenha muito baixo, uma pequena mancha acastanhada que nem por isso se deixava atemorizar. No entanto, nunca chegavam a vias de fato, quer porque se interpunham os presentes, quer porque a repetição destes casos acabou por revelar não ser intenção de qualquer deles ir além das palavras ditas em voz baixa e dos gestos indignados. Fora isto, eram ambos pessoas pacíficas.

Esta animosidade entre os dois, este furor silencioso que se apossava deles sempre que se viam, constituiu, nos primeiros tempos da sua estadia e a par do relativo isolamento, o primeiro indício da doença de que padecia Parker, uma esquizofrenia caracterizada por uma severa anedonia, ou disfunção que reduz a capacidade de conhecer o prazer e leva muitas vezes a evitar o convívio social, como de resto foi já notado, e que deu origem, neste período, a dois surtos psicóticos relativamente importantes que levaram ao seu internamento no Hospital Psiquiátrico do Infulene, nos arredores de Maputo. Dali ressurgia, passados uns dias, mais apaziguado com a realidade, por obra e graça da medicamentação prescrita e talvez também por lhe agradar a instituição, que concedia mais liberdade aos pacientes que outras congêneres que experimentara antes.

"*Plenty of vetust trees and shadows, plenty of space to wander around*", dizia com voz rouca, referindo-se ao pátio do hospital.

Curiosamente, sobre Mascarenha, que ao que tudo indica sofria de um mal se não idêntico pelo menos de gravidade semelhante, nunca pesou a hipótese de internamento, o que pode ser objeto de diferentes explicações: ou porque nele os sintomas fossem mais tênues, o seu comportamento mais manuseável, ou porque a sua condição social não tivesse conduzido a um diagnóstico tão claro como o que trazia Parker em formulações transmitidas por ele próprio ao médico chileno que o assistia, presumivelmente corroboradas por papéis das instituições por onde passara anteriormente. Em Mascarenha as coisas eram atribuídas a uma espécie de capricho, ou a uma maneira de ser arredia e por vezes irascível, quando muito uma irritação com o estrangeiro de certa forma justificável dada a novidade que era a possibilidade inédita de se poderem expressar sentimentos nacionalistas assim abertamente. E os superiores faziam vista grossa a um ou dois dias de ausência sempre que ele era acometido de uma crise.

De qualquer maneira não é esta a questão que nos prende, mas sim o difícil convívio de Parker com a realidade, de que ele próprio nos dá conta num curioso texto de cinco mil e seiscentas palavras datilografado duas décadas depois dos acontecimentos relatados, e que nos chegou às mãos pouco depois da sua morte.

O texto, intitulado *Fresh-caught Shark*, classificado reiteradamente como "não-ficção", relata os acontecimentos que se seguiram a um convite feito a Parker para jantar justamente "tubarão acabado de pescar" num subúrbio costeiro da cidade, algures depois da zona da Costa do Sol, um lugar hoje profundamente transformado pela construção de uma autoestrada e uma profusão de edifícios. A localização é-nos dada pelo próprio Parker, que escreve:

"Se traçássemos uma linha reta desde a minha Sacramento natal, atravessando o centro do planeta, essa linha desembocaria não na proverbial China, mas a algumas milhas apenas da cidade de Maputo, nos confins da terra."

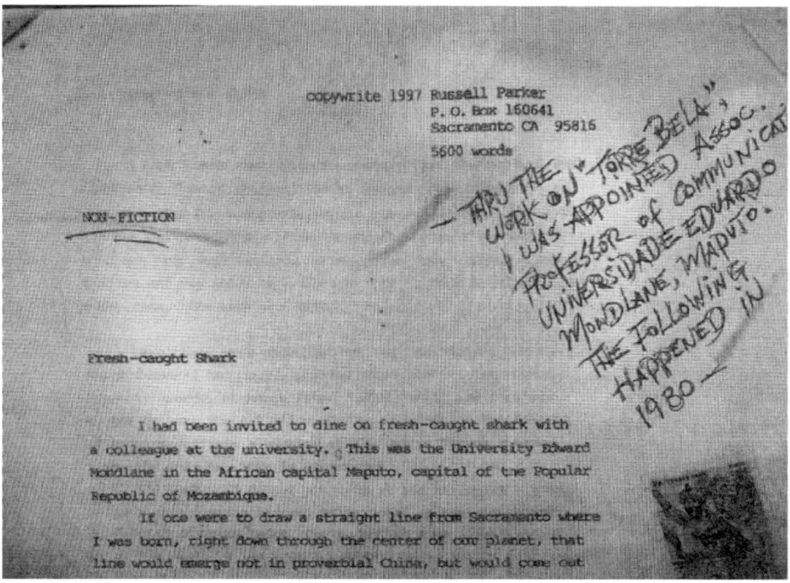

copywrite 1997 Russell Parker
P. O. Box 160641
Sacramento CA 95816
5600 words

NON-FICTION

— THRU THE WORK ON "TORRE BELA", I WAS APPOINTED ASSOC. PROFESSOR of COMMUNICAT UNIVERSIDADE EDUARDO MONDLANE, MAPUTO. THE FOLLOWING HAPPENED IN 1980 —

Fresh-caught Shark

I had been invited to dine on fresh-caught shark with a colleague at the university. This was the University Edward Mondlane in the African capital Maputo, capital of the Popular Republic of Mozambique.

If one were to draw a straight line from Sacramento where I was born, right down through the center of our planet, that line would emerge not in proverbial China, but would come out

Parker afirma que o autor do convite fora um biólogo que habitava uma grande *villa* cor de laranja, que situa "numa praia do Oceano Índico, com a Austrália em frente, a cinco mil milhas para leste", uma versão que merece ser sujeita a alguma discussão uma vez que nesta altura não existiam ali construções de monta e porque certos colegas seus contemporâneos asseveram ter sido Mascarenha a convidá-lo, com o intuito de que as pazes ficassem feitas. Mascarenha, um mestiço oriundo de uma modesta família de pescadores com remotas origens chinesas da Formosa, habitava precisamente nessa zona e é plausível que Parker ao fantasiar a origem do convite tentasse aplacar o embaraço criado pelas pazes com o seu arqui-inimigo que a aceitação subentendia. De resto, acrescenta Parker com desconfiança, pensando bem, talvez quem o convidou tivesse na ideia cozinhá-lo num caldeirão pelo fato de ser norte-americano (esta desconfiança de Parker, além de repor uma distância *prudente* em relação a Mascarenha, veicula o clássico preconceito dos livros de Tarzan da sua juventude, corporizado na ideia de um pobre branco a ser devorado por tribos do mato em África).

Seja como for, no dia aprazado Parker partiu para o jantar na sua motocicleta. Descreve uma tarde madura e radiosa, as cores suaves deixam-no extasiado. Não é a violência cor de sangue e cheia de contrastes do pôr-do-sol africano, que aqui ocorre dentro de terra, mas o suave desvanecer do dia, o declinar da luz sobre o mar no lado oposto. Maravilha-se com o cantar dos pássaros, chega a parar e a desligar o motor para poder escutar melhor. Ao mesmo tempo vem-lhe o cheiro das plantas, a visão dos campos de milho, segundo ele a mais maravilhosa de todas as plantas, e também outras culturas, legumes que desconhece, feijão-frade, sabe ele lá!

Atenta nos animais: elefantes alardeando a sua força no meio das acácias, babuínos e gorilas pendendo de ramos folhosos em harmoniosa comunhão, todos eles de olhar preso no forasteiro motorizado, zebras e girafas ostentando orgulhosamente os seus padrões impossíveis, antílopes das areias e estranhas gazelas de Moresby dando saltos graciosos, leões e tigres esticando os narizes por cima dos capins...

"Não, tigres não! Não há tigres em África!"

Parker cai em si, regressa à realidade. As coisas seriam vistas deste modo, com esta abundância de fauna e flora, se fosse um filme. Mas não, não se trata de um filme! Acaba por ter de reconhecer que neste local tão próximo da cidade, com campos agrícolas e aldeias por toda a parte, seria impossível haver tantos bichos.

Mas, mais uma vez a tentação espreita na forma de um grupo de rinocerontes que levanta uma nuvem de poeira que confunde o seu caminho para o mar. Descobre desta maneira que está perdido! A estrada que percorre segue paralela ao mar, que sente lá embaixo na distância, do lado direito, sem contudo conseguir aproximar-se dele. Sim, sente-lhe o cheiro, julga mesmo vê-lo ao longe, mas nada indica que se vá acercando dele. A grande *villa* cor de laranja e o oceano permanecem inacessíveis, relutantes em deixar-se alcançar.

Resolve por isso deixar a estrada e adentrar-se no mato, por entre arbustos e pequenas ravinas, pedras que rolam e poeiras que se levantam, caminhos utilizados segundo ele desde tempos imemoriais, os célebres e genuínos caminhos africanos! Se pensou em desistir, face às dificuldades que começou a encontrar, depressa põe de lado a ideia, atraído pela certeza de que o espera um bom jantar. Sente crescer a fome. O tubarão fresco, tinham-lhe assegurado, é uma iguaria sem igual!

Prossegue por aquele mato difícil. Adiante, depara com um riacho. A única maneira de o atravessar é por meio de um frágil dispositivo, um tronco de madeira. Após uma breve hesitação recorre a toda a perícia de que é capaz e tenta percorrer o tronco montado na motocicleta, num precário equilíbrio que todavia lhe parece perfeito. Mas acaba por resvalar e cair no riacho.

A luz enfraquece, multiplicam-se as sombras. Em breve irá apagar-se a paisagem africana que ele descrevia há pouco, enquanto luta com os elementos para arrancar a Kawasaki ao lamaçal. Finalmente, acaba por conseguir trazê-la de volta à margem. Senta-se, a recuperar o fôlego e a sacudir-se das impurezas. Tenta também, com as mãos nuas, limpar a motocicleta da lama, perguntando-se se conseguirá voltar a pô-la a funcionar.

Repara então num pequeno grupo de raparigas que o fitam a partir da outra margem, três ou quatro, vestidas com capulanas (influenciado pela estadia no Extremo

Oriente, Parker chama-lhes *sarong*). É possível que se sinta agora em plena margem do rio Mekong, juncos a subir e a descer o rio diligentes, conduzidos por homens baixinhos de vara comprida e chapéu triangular. As raparigas fazem gestos que lhe são claramente dirigidos, enquanto falam e riem entre si. Uma delas, a mais alta, dirige o coro de risos e, entende ele, de dichotes. Parker entra no jogo e procura também ele corresponder, agitando os braços e atirando-lhes mesmo um galho que apanhou no chão. Sim, um pequeno pau que segundo ele não chega a cobrir metade da distância que o separava delas e que deve ter caído algures no riacho (não se lembra). Assim que tal acontece, as raparigas tratam de desaparecer.

Deixa de pensar no caso e regressa à limpeza da motocicleta, mas eis que se vê cercado por uma turba de homens e mulheres que o injuriam, brandindo machados e catanas com gestos ameaçadores. Alguns gritam a centímetros de distância, salpicando-lhe, segundo diz, a face de espuma. Sente que está mergulhado num problema muito sério.

Yep, your worst nightmare.

E lastima-se com certa ironia de não ter sido avisado pelos seus associados na República Popular de Moçambique do que significava no idioma local atirar um pau às raparigas de aldeia. Não lhe explicaram, não sabia. E conclui, sombriamente, estar em vias de aprendê-lo.

I was about to get some idea.

Aqui chegados, há que fazer uma pausa e refletir, para não passarmos por este incidente atribuindo-o simplesmente à difícil relação que Parker tentava manter com a realidade. Talvez as coisas fossem mais complexas. Há pelo menos algumas possibilidades alternativas a aventar. A primeira, desde logo, é perguntarmo-nos se de fato se tratava de um inocente galho de minúsculas dimensões, aquele que Parker atirou, ou se teria sido maior, ou uma pedra, se teria percorrido uma distância diferente da que afirmou, se acertou etc., etc. Sim, talvez ele quisesse minimizar um gesto que não teria sido tão inocente quanto isso. Depois, haveria que saber o que foram as raparigas relatar na aldeia, depois que fugiram. Falaram verdade? Mentiram? Quanto à reação dos aldeãos, talvez ela se tivesse ficado a dever a mais do que ao gesto de Parker. Há que ter em conta o ambiente vivido na altura, em resultado das difíceis relações de vizinhança com a África do Sul, a agressividade desta, que punha o espaço rural moçambicano em permanente sobressalto. E sim, por que não desconfiar se Parker seria um espião? Não esqueçamos que pouco depois destes acontecimentos seria desmantelada uma rede da CIA com grande alarido. Este fator justificaria por si só a desconfiança das gentes e viria a ganhar alguma plausibilidade, como se verá adiante.

Entretanto, Parker permanecia em apuros. Considera que mesmo que se conseguissem entender no precário Português comum, ele e os camponeses, o tempo do diálogo já se esgotara. Se mexesse um dedo seria cortado como um repolho (expressão sua). Tenta consolar-se repetindo para si mesmo que só sentirá os golpes durante um ou dois segundos. E sente-se triste. Terrivelmente triste. Está, nas suas palavras, mergulhado num problema no lugar mais escuro do Continente Negro, cercado por gritos e instrumentos agrícolas em vias de lhe podar o cabelo (novamente uma expressão sua, e poderíamos encarar as suas irônicas metáforas como sintoma da distância entre ele e o acontecimento). Gritos. Gritos estridentes a toda a volta. Insuportáveis. E não, reitera, não era um filme.

Há um intervalo durante o qual não se dá conta dos acontecimentos, quando mais tarde tenta repetidamente lembrar o caso. Deve ter desmaiado ou então ter entrado numa espécie de transe, conclui. Mas, felizmente, o fato seguinte é a chegada de um pequeno grupo de soldados da Frente de Libertação de Moçambique, a mesma que expulsou os portugueses e conquistou a independência do país.

Oh, boy!, comenta. Nunca o alegrou tanto a chegada dos rapazes do exército! E, aqui, somos remetidos a Buffalo Bill e ao 7º da Cavalaria.

Segue-se uma longa discussão entre camponeses e soldados, numa língua que é para Parker inacessível. Um palavrório interminável ao estilo das aldeias africanas, diz ele. Longas intervenções de homens e mulheres sem que ninguém interrompa, uma espécie de homilias proferidas por cada um, intermináveis, que no entanto todos escutam com atenção e paciência. Mas ninguém lhe pede que fale. Permanece imóvel, sentindo evaporar-se dentro de si o gosto pela aventura. O mais que faz é lançar olhares intermitentes na direção dos soldados, olhares que querem dizer: “Vamo-nos embora, rapazes, vamo-nos embora!”

Mas há mais. O dia declina perigosamente, as sombras começam a alongar-se, soldados e aldeãos continuam a falar entre si, os tais diálogos intermináveis que lhe são inacessíveis. Por fim, ordenam-lhe que os siga. Deixam a multidão para trás e cruzam o riacho, um pequeno grupo dirigido por uma espécie de delegação de aldeãos. Chegam ao local de onde Parker tinha avistado as raparigas. Examinam o tronco de onde a Kawasaki resvalou. Fazem-no com minúcia, talvez em busca de traços que comprovem que ele falou verdade. A motocicleta ainda ali está, toda enlameada. Bom sinal, sinal de verdade. Retomam a caminhada, mas mudam repentinamente de direção e penetram num milharal situado numa planície baixa e lamacenta. Os camponeses vão na frente, indicando o caminho aos soldados. Progridem entre o farfalhar dos pés de milho a param a meio, num local específico. A delegação de aldeãos torna-se muito excitada. Apontam todos para o chão, em grande vozearia. E os últimos clarões do dia permitem ver, sobressaindo na lama, inequívoca, uma única pegada. Ou, mais precisamente, a marca da sola de uma bota. E reatam todos uma discussão acalorada. É uma pegada estrangeira pois ali toda a gente anda descalça. Parker continua sem entender uma única palavra, mas tem a certeza de que falam dele. Dele e da pegada. Alguns fazem-no com veemência, cercados por rumores anuentes. Subitamente, um dos soldados agarra Parker pelo braço e obriga-o a colocar cuidadosamente a sua bota direita sobre a pegada marcada na lama. Pasme-se (ou pasma-se ele sozinho, que os outros há muito tinham a certeza): a correspondência é perfeita! Assim como uma luva feita para uma determinada mão. Por conseguinte, há uma lógica irrefutável em tudo aquilo, exceto que Parker jura a pés juntos, ali e no texto, não ter estado perto daquele riacho nos últimos cem anos, de fato em toda a sua vida! E diz: Não nasci estúpido, compreendi imediatamente que me acusavam de feitiçaria. Lancei uma praga sobre as raparigas, plantei magicamente uma única pegada no milharal da aldeia e sabe-se lá o que mais! E decide-se a chocalhar com vigor, no seu português defeituoso que ainda assim alguns soldados parecem entender, que não, não senhores, nunca atravessara o rio, nunca se aproximara sequer do milharal, e que atirar um pau às raparigas fora apenas uma inocente brincadeira, não mais que isso. Não passava tudo de um equívoco. Feitiçaria é uma acusação muito séria para quem acredita que a doença, a morte, o fracasso das culturas, o divórcio, a insanidade, os abortos e os azares têm todos origem na conjuração de mentes malévolas. Pagam-se fortunas aos curandeiros que conseguem quebrar essas pragas. Não, conclui Parker, isto é superior a mim, muito superior. E queda-se num silêncio que quer fazer crer humilde, de olhos no chão e abanando ligeiramente a cabeça. Acha que é o melhor que tem a fazer.

Regressam todos para junto da Kawasaki e da multidão que aguarda. Parker vai fazendo rapidamente os seus cálculos. Os soldados são comunistas e os camponeses do comitê da aldeia, considerando que esta está próxima da capital e das instâncias do poder, serão uma espécie de comunistas de segundo escalão. Todos eles terão, portanto, uma atitude moderna e científica relativamente à feitiçaria. É este o seu tênue fio de esperança. Afinal, não se está nas profundezas do Congo, diz de si para si, mas num local onde se procura construir uma sociedade nova com métodos científicos. Calma! Tudo se resolverá!

A noite é agora total, as sombras estão em toda a parte, apagaram-se as paisagens magníficas ao redor. Tudo se passa ali mesmo, junto de soldados e dos camponeses, reduzidos todos eles a silhuetas. Dispersos, os fragmentos da discussão persistem. Subitamente, um soldado aproxima-se dele e ordena:

Vamoosch!

Assim mesmo, com uma entoação que Parker procurará mais tarde transcrever com fidelidade.

Esboça imediatamente os gestos de quem tenta pôr a motocicleta a funcionar para cumprir a ordem, mas o soldado interrompe-o e ordena-lhe que a empurre.

Vamoosch!, repete.

Os camponeses abrem alas para eles passarem, ele e os soldados. Embora curvado pelo esforço de empurrar a motocicleta, Parker tenta manter a cabeça levantada para preservar um resto de dignidade. Afinal, pensa, é um convidado da República Popular de Moçambique e, salvaguardadas todas as distâncias e questões, não deixa também de ser um representante dos Estados Unidos da América.

Contrariamente à expectativa de Parker, não retomam em sentido inverso o caminho que ele percorreu à procura do jantar. Seguem antes a direção oposta, afastando-se cada vez mais da cidade, em direção às profundezas. Voltam a internar-se no mato, seguindo por um carreiro tortuoso de areia muito solta onde empurrar a Kawasaki constitui, segundo ele, um esforço digno de nota. Empurra durante mais de uma hora, cercado pelo respirar cadenciado dos soldados e uma ou outra tossidela. Caminham todos em silêncio, numa espécie de fila indiana que evolui por sítios impossíveis, perfurando o escuro. Sente o rilhar das botas militares sobre a areia e as pedras. De cada vez que abranda dizem-lhe que ande depressa. Não vê nada, segue apenas o som, sente o suor a escorrer-lhe pela testa e a arder-lhe nos olhos. Vê estrelas. Por vezes passam por casas e tudo se ilumina um pouco (aldeias, chama-lhes ele), antes de voltar a escurecer. Juntam-se então pequenos grupos de curiosos, sobretudo de crianças. Numa dessas ocasiões, responde aos gritos e aos pulos das crianças puxando o guiador para que a roda da frente da Kawasaki salte também, ao mesmo ritmo, uma pequena palhaçada destinada a melhorar o humor de todos os presentes, mas uma pancada seca de um dos soldados com os nós dos dedos no alto da sua cabeça fez-lhe ver que ninguém está ali para ter o seu humor melhorado. Ninguém está ali para brincadeiras.

Baixa assim mais um degrau na já precária dignidade.

Prosseguem pela noite cerrada. Enquanto empurra, Parker vai tecendo mentalmente as suas considerações. É tarde. O silêncio é agora total, os camponeses estão recolhidos em suas casas, os soldados não produzem qualquer som. O silêncio é a segunda natureza destes guerrilheiros, diz Parker. A única forma que estas tropas comunistas têm de enfrentar os raides assassinos dos rodesianos e dos sul-africanos é tornarem-se invisíveis e inaudíveis. Só assim sobrevivem e podem cumprir as suas missões. É isso. A noite encerra provisoriamente o mundo no grande Continente Africano, se excetuarmos os grilos e os sapos, os mochos, enfim, toda uma vasta gama de criaturas noturnas que existe no lugar e que por agora estamos dispensados de enumerar.

A dado passo, numa passagem de areia mais solta, o esforço leva Parker a exalar um suspiro.

"O que se passa?", pergunta-lhe o soldado que segue atrás de si.

"Areia", geme Parker. "O que se passa é que há areia a mais."

"Já falta pouco", diz-lhe o soldado, o mais gentil de todos. "Empurra!"

E assim ele ganha a noção de que se aproximam do destino. Progridem mais um pouco, a passo de caracol, e eis que, irrompendo na escuridão, deparam com um gigantesco cogumelo de luz vermelha. Uma extraordinária visão.

Holy cow!

E a partir daqui é um Parker morto de cansaço e desperto pelo assombro, fazendo os possíveis por não perder de vista a realidade, uma realidade que sente escapar-se a cada passada que dá em direção àquele fenômeno. E o que descreve é uma luz encarniçada que ilumina uma rampa de lançamento de mísseis soviéticos. A estrutura é enorme, metálica e brilhante, de um vermelho que cobre tudo desde o chão até ao céu. Agora, mais de perto, é um foguetão espacial pronto a ser lançado, imerso nas nuvens de cacimbo e nos fumos dos motores em aquecimento. Será que é nele que o vão meter? Será que o disparam numa viagem para as estrelas?

Procura raciocinar rapidamente: os russos estão por toda a parte em Moçambique, só na sua aula de Português há catorze, sete casais, a totalidade dos seus colegas. Faz sentido. Pensa ainda em outras hipóteses. Conhecidos seus disseram-lhe, em confidência, que tempos antes houve dois OVNIs que pairaram brevemente sobre o porto de Maputo, antes de infletirem rapidamente para a Zululândia e ganharem velocidade rumo à Antártida. O que haverá na Antártida, além do gelo e dos pinguins? O que estiveram eles lá a fazer? Talvez tenham regressado agora para acabar o que quer que tenham iniciado. Concluir a missão. Ideia assustadora. Todos tinham visto o rastro vermelho de uma passagem a milhares de quilômetros à hora. Afinal eram eles! Seriam? À medida que se aproximam, volta-lhe a hipótese de ser uma base de pouso de aeronaves soviéticas plantada na selva africana. Obedece à escolta e empurra a Kawasaki naquela direção. Não tem como não obedecer. Suores frios.

Entram na base e é-lhe ordenado que pare, que encoste a motocicleta a um poste e permaneça quieto. Obedece com satisfação. Ocorre-lhe que, após mais de uma hora a empurrar, ficar quieto é mesmo aquilo que lhe convém. E olha em volta. O encarniçado é produzido por centenas de luzes vermelhas que adornam uma incrível floresta de torres metálicas, escreve. E volta a tentar travar o exagero: Vá lá, não centenas, mas dezenas de luzes. Torres altas de comunicação com todo o mundo ou para orientar os foguetões, protegidas por terríveis rampas de mísseis. Terríveis.

"Deixarem que eu veja tudo isto será bom ou mau sinal?"

Soldados, soldados por toda a parte. Soldados de pele negra, avermelhada pela luz. Armados até aos dentes, movendo-se silenciosamente como fantasmas, cumprindo tarefas. Se tivesse de enfrentar soldados destes a África do Sul não sobreviveria mais de cinco minutos, pensa. E volta-lhe a dúvida:

"Deixarem-me ver tudo isto é bom ou mau sinal?"

Entretanto, chegam dois jipes soviéticos de onde saltam mais soldados e um oficial. Conferenciam demoradamente com a escolta que trouxe Parker. Falam em voz baixa. Parker não sabe se este falar em voz baixa faz parte da natureza militar deles como uma segunda pele, ou se maquinam, se procuram mantê-lo afastado do que dizem. Por fim, o oficial aproxima-se de Parker e este não pode mais: cede, abre as comportas, conta-lhe tudo. Apesar dos seus esforços, a motocicleta resvalou do tronco e caiu ao rio; e não, não pretendia fazer mal às raparigas; e também não, nunca esteve no milharal com o intuito de deixar lá uma pegada. Enfim, o mesmo que vem repetindo desde sempre. Repeti-lo-á as vezes que forem necessárias.

O oficial ouve tudo até ao fim. Nada diz (sabemos como sabem ouvir). Entretanto, começam as idas e vindas ao edifício, do oficial e dos soldados. Devem estar a fazer telefonemas, pensa Parker. Talvez estejam a fazer telefonemas importantes. Podem até estar a telefonar ao Presidente Carter, sabe ele lá!

Cá fora, os soldados falam muito e sobressai a palavra “água”. Dizem repetidamente que não houve água. “Sem água”, repetem, e Parker fica sem saber se se referem ao fato de ele ter feito todo aquele caminho com a motocicleta nos braços e sem beber uma gota de água, ou se resistiu sem mostrar as lágrimas, sem chorar.

Este pensamento faz com que nasça nele uma espécie de orgulho da sua resistência, do seu estoicismo. “Sem água”, vai repetindo em voz baixa, como se entoasse uma ladainha. E regressa nele a tristeza, um dado importante porque tanto o orgulho como o condoimento com algo, mesmo que seja a sua própria condição, significam estar no mundo, no mundo real. O problema, contudo, é ver-se a si próprio a partir de fora, como se fosse outro a gozar dos seus sentimentos, um intruso. Não o intruso a meter-se na sua pele, mas ele metido na pele do intruso. E sem o saber. Entretanto, ninguém lhe oferece um pouco de água e ele decide voltar a partir do mundo. Afasta a tristeza assim como afastou os tigres da paisagem, lá atrás. Como num filme.

Passada uma eternidade em que subiu e desceu as torres com o olhar, vasculhou as florestas negras da periferia do campo, as botas dos soldados, o brilho das armas e sabe lá o que mais, e ouviu diálogos, sirenes arrastadas e os sons suspeitos dos motores prestes a deixar o nosso mundo e a partir numa terrível missão confidencial rumo às estrelas, passado esse tempo em que tentou tudo reter para mais tarde poder relatar, o oficial regressa. Regressa e ordena-lhe que suba para as traseiras do primeiro jipe.

O militar instala-se ele próprio na frente, ao lado do motorista. Atrás está um segundo jipe cheio de soldados. E, ao lado de Parker, nas traseiras do primeiro jipe, imagine-se: a rapariga do riacho, a mais alta, enrolada no *sarong*! Sentada muito direita, com a dignidade de um juiz, exceto quando o jipe se põe em movimento e ela começa a gemer baixinho, uma reação que a Parker parece estranhamente apropriada. Sem dúvida que é a primeira vez que ela anda de carro, justifica. Ao mesmo tempo acha ridícula a imagem que dá de si próprio, ali sentado ao lado dela, só que não está em maré de desperdiçar uma risada. Não é a altura certa. Permanece calado. O melhor é deixar-se ir sem pensar nisso. Sem pensar em nada.

Os caminhos difíceis ficam para trás, os dois jipes afastam-se da base aeroespacial e percorrem agora uma estrada alcatroada. Os sinais apontam todos para que se aproximem dos subúrbios de Maputo, a grande cidade. Ainda bem, é isso mesmo que lhe convém, embora não saiba ainda ao certo de que maneira. Penetram aos poucos na cidade, mais casas, menos árvores e capins, mais muros, menos animais selvagens, e entram por uma pequena rua muito escura, que percorrem devagar. Param em frente a uma casa adormecida, há apenas uma luz acesa na varanda. Desligam os motores. Silêncio. Até os grilos se calam por um momento. O oficial ordena a Parker que espere no jipe e entra na casa levando com ele a rapariga.

Parker aproveita a espera para nos explicar, num à parte: os Africanos podem ficar horas e horas a discutir, esmiuçando cada argumento, ouvindo pacientemente as opiniões de um e de outro, progredindo em círculos até atingirem a unanimidade. A discussão prossegue até que tal aconteça. À mais pequena sombra regressam ao início para percorrer outra vez todo o caminho. Sim, unanimidade é onde pretendem chegar. Dão tudo por ela.

Algo deste tipo deve ter acontecido lá dentro, esta procura, até porque esperaram uma eternidade cá fora, o motorista no mais absoluto silêncio, a não ser quando se mexia no assento e a sua arma batia em qualquer coisa produzindo um ruído seco. Metal com metal. Uma maneira de dizer a Parker que permanecia atento. O americano que não tivesse ideias!

Parker não quer parecer melodramático, afirmando que discutiam lá dentro o seu destino. Mas que outra coisa poderiam estar a fazer? O que estaria a rapariga a contar do incidente? O que estaria a dizer a seu respeito? Suspira e olha em volta. Sim, o olhar glacial do motorista indica que é algo mais do que um simples motorista. A arma, também. De qualquer maneira, para onde fugiria? Está a milhas de onde quer que seja. Nunca foi prática sua, nas inúmeras viagens pelo mundo, recorrer à Embaixada Americana, diz-se com altivez. De resto, nem saberia lá chegar. Além disso, o fato de ter optado por vir para Moçambique implica inteira confiança nas autoridades locais. Só não devolve o olhar ao motorista porque esta noite optou por uma atitude de humildade. Vai abanando ligeiramente a cabeça, os olhos presos nos cordões das botas. Parece-lhe ser esta a atitude mais adequada.

Os outros regressam finalmente. A rapariga volta a sentar-se a seu lado, de olhos brilhantes. O que foi que disse lá dentro? O que foi que lhe disseram? Partem. Rodam durante um bocado. Mais ruelas escuras intricadas umas nas outras como um labirinto. O labirinto em que o mete a sua ignorância, o fato de desconhecer totalmente as diligências que empreendem. O jipe também procura caminhos. Acabam por parar na frente de outra casa. O mesmo: saltam dos jipes e entram com a rapariga. Parker aguarda com o motorista. Seria o momento de se porem a conversar, perguntar coisas um ao outro e responder, não fora a situação em que ambos se encontram, cada um à sua maneira. Parker não está certo ainda de qual é a sua própria situação. Desta vez a espera é mais curta, sem espaço para o regresso de ideias acerca de fugas mirabolantes que desemboquem na salvação. De resto, salvação de quê?

Voltam a arrancar, rodam, voltam a parar. Meia dúzia de paragens nessa noite, é isso que devem ter feito, contas por alto. Extraordinária, a meticulosidade com que repetem a operação. Paragem, saída, discussão e regresso para voltar a rodar. Numa das casas, enquanto espera com o motorista de olhar glacial, Parker julga ver Samora Machel *himself* na varanda escura, na companhia de dois ou três vultos. Imóveis, camuflados pelo escuro, invisíveis se não fossem os dotes de Parker, o treino que tem de desenterrar imagens a partir de um mínimo contraste.

Tinha-lhe sido explicado anteriormente pelos seus associados moçambicanos, diz, que os altos funcionários da República pernoitam em casas diferentes para se protegerem das incursões noturnas das tropas especiais sul-africanas. Por maioria de razão, o Presidente. Sim, pode ter sido ele, o próprio. A mesma silhueta, o mesmo quépi militar. A mesma aura aclarando-lhe os contornos no escuro da varanda. Sim. Mas está demasiado escuro para poder ter a certeza. Se sim — e Parker pede que se lhe perdoe a imodéstia — talvez o Presidente tivesse vindo à varanda a fim de o observar, se ele era o dono da pegada do milharal, se ele era tudo aquilo que diziam, antes de tomar uma decisão acerca do seu destino. E sobrevem-lhe um calafrio.

Finalmente, uma última paragem, algo diferente. O oficial regressa da casa sem a rapariga. Adeus à companheira de viagem. Foi-se. *Kaput*. Arrancam. Desta vez o segundo jipe fica para trás, também se vai. No céu, há já uns primeiros traços finos de claridade, soprados de leste, mas no chão ainda impera o breu. Parker está exausto, deixa-se levar. Se ainda ali estivesse a rapariga, corria o risco de adormecer no ombro dela. As luzes do jipe iluminam as ruas por onde roda, derramam claridade sobre o escuro em gestos largos, semicirculares, como uma vassoura empenhada em varrer a escuridão. Iluminam também o soldado que segue na frente, montado numa motocicleta. Por momentos Parker entretém a ideia de que podia ser a sua motocicleta, aquela que ficou para trás, na base aeroespacial, e que provavelmente já foi expedida para o cosmos. Encolhe os ombros. Erra o olhar pelas bermas, pelos fantasmas cinzentos das casas e das árvores, e volta a fixá-lo na frente do jipe. Lá está o soldado montado na motocicleta, abrindo o caminho. Será mesmo?

Sim, é a sua Kawasaki! Ao mesmo tempo que descobre este fato extraordinário, descobre também que as ruas que percorrem lhe parecem familiares. Ruas que descem lentamente até desembocar na linha de costa, em frente ao oceano. E tudo se vai tornando mais claro, sob a influência do dia que aí vem. Sim, é por aqui que eu vivo, grita Parker silenciosamente. Aqui estão as casas, as praças, os restaurantes, aqui está o meu acampamento! Sim, não há dúvida de que estão a levar-me para casa!

E chegam ao portão. O soldado da motocicleta adianta-se e conferencia brevemente com o Sargento Mgala, o guarda do acampamento. Aos saltos na sua única perna (perdeu a outra na explosão de uma mina, o que só acentuou a sua ferocidade, avisa Parker), o guarda dá a volta e aponta na direção da casinha de Parker. E assim este descobre que falam de si. Depois, mais uns saltinhos e ele levanta a cancela para os deixar passar. Percorrem a curta distância e param à porta. O soldado que ia na frente desmonta, encosta a Kawasaki no descanso e caminha para o jipe. O oficial, com um gesto, ordena a Parker que desça. E diz:

"Chegou a casa, Senhor Parker. Não é verdade?"

"*That's right, sir*", responde Parker.

"Não é verdade?", insiste.

"*Yes, sir*".

O oficial leva a mão à testa numa breve continência, salta para o jipe e partem.

E é tudo.

Fica só. O dia clareia com rapidez, vindo como sempre do lado do mar. Ouvem-se as ondas rebentando sobre a praia, ali perto. Aproxima-se para inspecionar a Kawasaki. "Verifica sempre as tuas armas!", é o seu lema. A motocicleta está suja, o cabo do travão quebrado. A reparação não vai ser fácil. Mister Arnaldo, o gordo e mal-humorado chefe da oficina, vai dizer-lhe que ali só reparam a marca Honda, que está cheio de trabalho, que não tem peças, e tudo isso é parte de um código misterioso que quer dizer outra coisa, mas felizmente que Parker sabe que coisa é. Dir-lhe-á em voz baixa que tem dólares, e Mister Arnaldo, fingindo consultar uma espécie de calendário mental, sugere que Parker volte na segunda-feira. Ele verá o que é possível fazer-se.

Vira-se para trás e encara a sua palhota. É certo que as paredes são de cimento, mas o formato é circular e a cobertura de palha, por isso supõe que pode chamar-lhe palhota. Lar, doce lar. A porta está apenas encostada. Aqui não se fecham portas à chave, faltam serralheiros e fechaduras, diz. Falta muita coisa. Empurra a porta e entra. Lá dentro tudo parece estar no seu lugar. Não há sinais de que tenham vasculhado as suas coisas. Sabe, porém, o quanto podem ser furtivos aqueles soldados, o quanto podem ser minuciosos. Hão de ter revirado tudo sem deixar o mínimo vestígio. Fotografaram e classificaram tudo com etiquetas de letras e números. Códigos.

Acha que um banho vem mesmo a calhar. Não tem água quente, mas a água jorra dos canos, não se pode pedir mais. E, de pé, no chuveiro, com a água a escorrer-lhe da cabeça aos pés, deixa que as coisas lhe escorram da mente: A rapariga dos olhos brilhantes e a *villa* cor de laranja virada para a Austrália, o biólogo de existência incerta, a pegada que um extraterrestre plantou no milharal, a rampa das naves espaciais e a varanda escura com o vulto do Presidente.

Whatever.

E a lama das unhas, a lama do riacho e do milharal, a cinza avermelhada dos foguetões e a poeira dos jipes escorrem com a água pelo ladrilho e vão desaparecendo no ralo, depois de executarem uns arabescos vivos de despedida, como pequenas cobras agitadas. Deixa-se estar embaixo do chuveiro até sentir que a água levou tudo o que passou.

Tudo?

Tudo não. No dia seguinte cruza-se na rua com a amiga Clara R., que lhe diz: "Ideia letal, essa de ires sozinho para o mato à procura de problemas". Como soube? Em seguida, já na aula de cinema, são os seus alunos guerrilheiros que comentam quanto os moçambicanos são pessoas complicadas. O professor Parker que se ponha em guarda. E à tarde, na aula de Português, os catorze espiões eslavos, sete casais, lançam-lhe os olhares desconfiados de sempre e persistem em espreitar por cima do ombro, tentando ler as suas notas. À noite são os vietnamitas, peritos nestas evoluções camufladas e secretas, que lhe dizem: "Russell, tem cuidado!" Há ainda o tubarão que ficou por comer, e Mascarenha, que passa por ele com um ar estranhamente emproado, como se nada tivesse a ver com o caso. Não, definitivamente a água não levou tudo para o ralo.

Passa uns tempos procurando lembrar-se de pormenores, da maneira como uns acontecimentos desembocaram noutros, como se com uma pinça pudesse retirar um de cada vez para ver o que ficava. Mas são demasiadas coisas, é tudo complicado, dentro de cada coisa espreita sempre a coisa seguinte.

Semanas mais tarde, sentado com Clara R. na esplanada do restaurante mesmo em frente, nota um pequeno pedaço de sabão flutuando no seu café. Revela à amiga a descoberta. Esta, sem deixar de olhar o mar, diz:

"Sim, anda muita feitiçaria no ar."

Ao fundo, ao balcão, o cozinheiro conversa animadamente com uns clientes. Ao longe, a silhueta da Austrália é uma pequena mancha sobressaindo na linha do horizonte.

Se fosse bom nadador, escapava-se por ali. Certo como dois e dois serem quatro.

"*Right*".

Mergulha os dedos no café, pesca o pedaço de sabão, atira-o dali mesmo e atinge o cozinheiro a meio da testa. Este retira-se imediatamente para a cozinha. Parker fica um tempo de olhar fixo na porta que o engoliu, à espera de um novo acontecimento. Mas nada acontece, apenas o vazio. O vazio.

FIM

O AUTOR

O escritor moçambicano JOÃO PAULO BORGES COELHO é historiador e professor titular de História Contemporânea na Universidade Eduardo Mondlane, em Maputo, Moçambique.

Publica obras de ficção desde 2003. Seus romances, contos e novelas estão publicados em Moçambique, Portugal, Itália, Colômbia e agora no Brasil.

Vários de seus livros foram premiados como *As visitas do Dr. Valdez*, *Crónica da Rua 513.2*, *O olho de Hertzog* e *Ponta Gea*.

A OBRA

A Kapulana é a editora que publica seus livros no Brasil:

- *As visitas do Dr. Valdez*, 2019.
- *Crônica da Rua 513.2*, 2020.
- *Quatro histórias*, 2021.
- *Museu da Revolução*, 2022.
- *Roteiros provinciais: novelas*, 2024

É autor de vasta obra, como:

- *Akàpwitchi Akaporo: armas e escravos*, 1981. [banda desenhada]
- *No tempo do Farelahi*, 1983. [banda desenhada]
- *Namacurra*, 1985. [banda desenhada]
- *As duas sombras do rio*, 2003.
- *As visitas do Dr. Valdez*, 2004.
- *Índicos Indícios I. Setentrião*, 2005.
- *Índicos Indícios II. Meridião*, 2005.
- *Crónica da Rua 513.2*, 2006.
- *Campo de trânsito*, 2007.
- *Hinyambaan*, 2008.
- *O olho de Hertzog*, 2010.
- *Cidade dos espelhos*, 2011.
- *Rainhas da noite*, 2013.
- *Água: uma novela rural*, 2016.
- *Ponta Gea*, 2017.
- *Quatro histórias*, 2019.
- *Museu da Revolução*, 2021.
- *Roteiros provinciais: novelas*, 2024.

PRÊMIOS E DESTAQUES

- Prémio José Craveirinha 2005: *As visitas do Dr. Valdez.*
- Prémio BCI de Literatura 2006: *Crónica da Rua 513.2.*
- Prémio Leya 2009: *O olho de Hertzog.*
- Doutor *Honoris Causa*, Universidade de Aveiro, 2012.
- Prémio BCI de Literatura 2018: *Ponta Gea.*
- Oceanos - Prêmio de Literatura em Língua Portuguesa 2022 (2º lugar): *Museu da Revolução.*

fontes	Gandhi Serif (Librerias Gandhi)
	Bitter (Sol Matas)
papel	Capa: Duo Design LD 250gr/ m²
	Miolo: Pólen Bold 90 gr/ m²
impressão	BMF